普通高等教育规划教材

# 证券投资实训

## 第 2 版

主 编 孙可娜

副主编 李 健

参 编 刘临娟 徐焕强

机械工业出版社

本书是与《证券投资教程》(孙可娜主编)相配套,以培养和训练证券投资操作能力为目的的实训教材。本书以证券投资操作为特点,以网上证券投资为引领,通过证券投资模拟方式进行技术分析和实务操作。全书主要内容包括:证券投资预备知识、软件下载与安装、行情分析方法与操作、系统软件功能介绍、技术分析方法与应用、网上证券委托、证券投资模拟、网上信息采集。

本书适用于学生进行网上模拟证券投资,进行专业实验室实际训练,同时还可作为高校学生自助练习、证券从业人员资格考试的参考资料。

## 图书在版编目(CIP)数据

证券投资实训/孙可娜主编. —2 版. —北京:机械工业出版社,2009. 11

普通高等教育规划教材

ISBN 978-7-111-28300-3

Ⅰ. 证… Ⅱ. 孙… Ⅲ. 证券投资—高等学校—教材 Ⅳ. F830. 91

中国版本图书馆 CIP 数据核字(2009)第 164087 号

机械工业出版社(北京市百万庄大街 22 号 邮政编码 100037)

策划编辑:曹俊玲 责任编辑:曹俊玲
责任校对:常天培 责任印制:杨 曦
北京鑫海金澳胶印有限公司印刷
2010 年 1 月第 2 版第 1 次印刷
169mm×239mm · 12 印张 · 296 千字
标准书号:ISBN 978-7-111-28300-3
定价:21.00 元

电话服务

社服务中心:(010)88361066
销 售 一 部:(010)68326294
销 售 二 部:(010)88379649
读者服务部:(010)68993821

网络服务

门户网:http://www.cmpbook.com

教材网:http://www.cmpedu.com

**封面无防伪标均为盗版**

# 前　言

通过网络方式进行证券买卖，已经成为信息时代证券投资的主要方式。熟练地进行证券行情与交易软件的下载、安装与使用；详尽地了解和使用分析系统的各种主要功能，方便快捷地在大盘和个股之间进行技术分析；选择相应的网站，申请登录个人的网上证券投资账户进行网上证券委托买卖；申请建立个人的模拟账户进行证券委托买卖的模拟训练；得心应手地获取网上信息资源，对证券市场的有关信息进行搜集、整理、分析和判断，这体现了证券投资的学习必须与实际训练相结合，证券投资的实际操作是不可缺少的基本专业能力。把所学的知识转换成能力，加强与实践环节的配套，注重对学生专业能力的培养，已经成为新形势下社会培养专业人才的重要指向。

"证券投资"作为高等院校经济管理类专业课程，不仅需要系统学习、了解和掌握有关证券投资的理论，而且需要拥有必要的实务操作能力。本教材正是基于实际操作能力训练的需要，作为与《证券投资教程》配套的实训教材，组织高校中具有证券从业经历的教师和证券机构的专业人员共同编写。实践证明，本实训教材的编写，在证券投资模拟训练方面作了积极的尝试，并取得了预期的效果。

本次再版，在结构上没有进行大的改动，而是结合证券投资实际操作的需要，在原有基础上，对有关网页及内容进行了新的替换，同时，加入了证券投资的基础性、技术性、经验性的相关内容，以便于同学在实训中获得必要的引领。

第1版各章的编写人员为：第一章、第三章由孙可娜、刘临娟编写；第二章、第四章、第五章由刘临娟编写；第六章由李健、刘临娟编写；第七章由孙可娜、徐焕强编写；第八章由徐焕强编写。技术资源由李健负责组织，全书由孙可娜总纂定稿。本次再版，由孙可娜对全书进行了修订。

　　我国证券市场是一个不断发展的市场，新的内容和领域不断涌现，没有尽头。特别是由于编者的水平所限，本实训教材在内容上不可能包罗万象，只是一个操作的引领，更深入、更广阔的领域还有待大家在实践中去探索。欢迎读者对本书提出批评和建议。

# 目　录

# 第一章　证券投资预备知识

**本章指引:**

在进入网上证券投资实际训练之前，请不必过于匆忙。在这里回顾或了解证券投资的预备知识，对于接下来的实际操作来说不仅极为必要，而且会起到事半功倍的效果。

## 第一节　证券交易品种及代码

在证券交易过程中，为了便于计算机识别和交易，每一只上市证券都会拥有一个专有的证券代码。证券简称与代码一一对应，为证券投资带来了便利。例如，浦发银行，其代码为600000；上海机场，其代码为600009。进行信息查询和证券交易时，输入有关的证券代码，接下来的环节就会变得轻而易举。因此，获取证券代码应该是我们入市进行证券投资的一把钥匙。

在网上，可以通过多种方式进行证券代码的查询。例如，输入"股票代码对照表"，可以很方便地进行各类证券代码的查询。

### 一、股票及其代码

1. A股股票代码

A股股票即人民币普通股，是由我国境内的公司发行，供境内机构、组织或个人（不含台湾、香港、澳门投资者）以人民币认购和交易的普通股股票。

根据上海证券交易所（简称"上交所"）"证券编码实施方案"，在上交所上市的证券，采用6位数编制方法，前3位数用以区别证券品种，具体如下所列：001×××国债现货；201×××国债回购；110×××、120×××企业债券；129×××、100×××可转换债券；310×××国债期货；500×××、550×××基金；600×××A股；700×××配股；710×××转配股；701×××转配股再配股；711×××转配股再转配股；720×××红利；730×××新股申购；735×××新基金申购；900×××B股；737×××新股配售。

图1-1为沪市部分A股股票证券代码对照表。

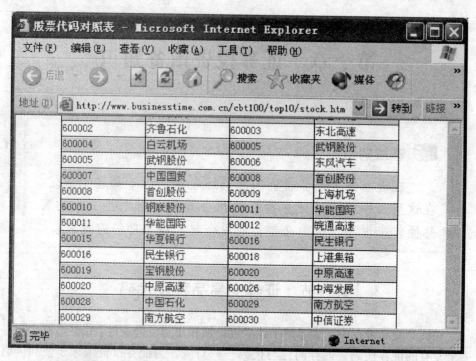

图 1-1　沪市部分 A 股股票证券代码对照表

在深圳证券交易所（简称"深交所"）上市交易的 A 股股票，其交易代码由"00"打头的 6 位数组成。在深圳证券交易所上市的证券，证券编码采用 6 位数编制方法，首位为证券品种区别代码，具体如下所示：000×××A 股；001×××企业债券、国债回购、国债现货；002×××B 股及 B 股权证；003×××转配股权证；004×××基金；005×××可转换债券；006×××国债期货；007×××期权；008×××配股权证；009×××新股配售。2004 年深圳证券交易所推出中小企业板，其代码为 002×××。其中，"2"表示中小企业板块，后 3 位数表示上市顺序。

图 1-2 为深市部分 A 股股票证券代码对照表。

2．B 股股票代码

B 股股票即人民币特种股票，是以人民币标明流通面值，以外币认购和交易的特种股股票。

B 股公司的注册地和上市地都在境内（深、沪证券交易所），只不过投资者在境外或在中国香港、澳门及台湾。2001 年，我国境内居民个人可以从事 B 股投资。

在上交所挂牌交易的 B 股股票交易以美元为计价单位，而在深交所挂牌交易的 B 股股票交易以港币为计价单位。

在上交所挂牌的 B 股股票代码由"900×××"的 6 位数组成，其中"900"代表在上交所上市交易的 B 股股票，具体代码区间为 9009××，如图 1-3 所示。

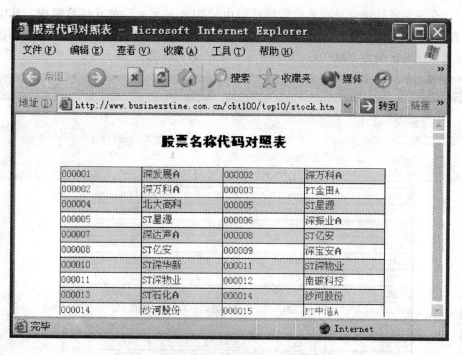

图 1-2 深市部分 A 股股票证券代码对照表

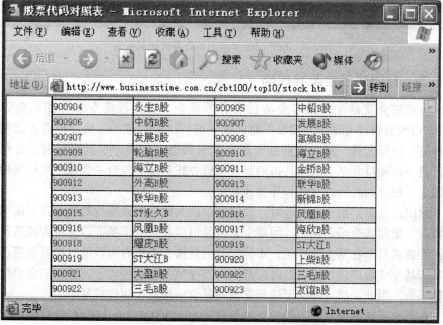

图 1-3 沪市部分 B 股股票证券代码对照表

在深交所挂牌交易的 B 股股票代码由"20××××"的 6 位数组成。其中"20"表示 B 股股票，第 3 到第 6 位为顺序编码区，取值范围为 0001～9999。目前具体代码区间为 20000×～2009××，如图 1-4 所示。

| 股票代码对照表 - Microsoft Internet Explorer | | | |
|---|---|---|---|
| 文件(F)　编辑(E)　查看(V)　收藏(A)　工具(T)　帮助(H) | | | |
| 后退　　　　　　　　搜索　收藏夹　媒体 | | | |
| 地址(D)　http://www.businesstime.com.cn/cbt100/top10/stock.htm　转到　链接 | | | |
| 200003 | PT金田B | 200011 | ST物业B |
| 200011 | ST物业B | 200012 | 深南玻B |
| 200013 | ST石化B | 200015 | PT中浩B |
| 200015 | PT中浩B | 200016 | 深康佳B |
| 200017 | ST中华B | 200018 | 深中冠B |
| 200018 | 深中冠B | 200019 | 深深宝B |
| 200020 | 深华发B | 200022 | 深赤湾B |
| 200022 | 深赤湾B | 200024 | 招商局B |
| 200025 | ST特力B | 200026 | 飞亚达B |
| 200026 | 飞亚达B | 200028 | 一致B |
| 200029 | 深深房B | 200030 | ST盛润B |
| 200030 | ST盛润B | 200037 | 深南电B |
| 200039 | 中集B | 200041 | 深本实B |
| 完毕 | | | Internet |

图 1-4　深市部分 B 股股票证券代码对照表

## 二、封闭式基金及其代码

投资基金就是汇集众多分散投资者的资金，委托投资专家（如基金管理人），由投资管理专家按其投资策略，统一进行投资管理，为众多投资者谋利的一种证券投资工具。证券投资基金集合大众资金，共同分享投资利润，分担风险，是一种利益共享、风险共担的集合投资方式。证券投资基金按照发行规模是否固定可划分为封闭式基金和开放式基金。

封闭式基金是指设立基金时，规定基金的封闭期限及发行规模，在封闭期内投资者不能向基金经理公司赎回现金，但是可以在证券市场上以竞价方式进行转让。开放式基金在基金设立时，不确定基金规模，投资者可以随时按基金资产净值购买基金受益单位，也可随时按基金资产净值向基金经理公司赎回基金单位的一种基金。因此，进入证交所进行交易的基金一般属于封闭式基金。

在上交所挂牌交易的证券投资基金代码由"500×××"的 6 位数组成。具体基金代码区间为 50000×～5000××，如图 1-5 所示。

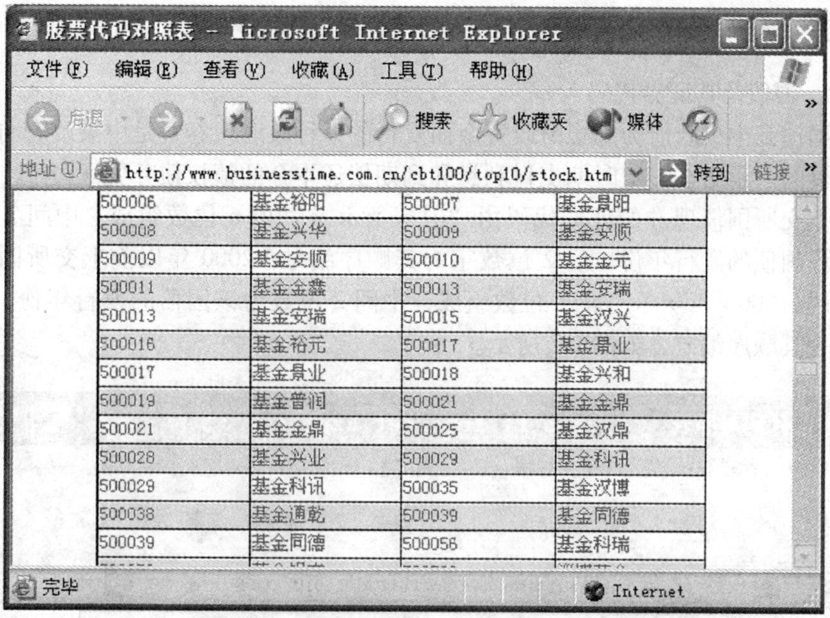


| | | | |
|---|---|---|---|
| 500006 | 基金裕阳 | 500007 | 基金景阳 |
| 500008 | 基金兴华 | 500009 | 基金安顺 |
| 500009 | 基金安顺 | 500010 | 基金金元 |
| 500011 | 基金金鑫 | 500013 | 基金安瑞 |
| 500013 | 基金安瑞 | 500015 | 基金汉兴 |
| 500016 | 基金裕元 | 500017 | 基金景业 |
| 500017 | 基金景业 | 500018 | 基金兴和 |
| 500019 | 基金普润 | 500021 | 基金金鼎 |
| 500021 | 基金金鼎 | 500025 | 基金汉鼎 |
| 500028 | 基金兴业 | 500029 | 基金科讯 |
| 500029 | 基金科讯 | 500035 | 基金汉博 |
| 500038 | 基金通乾 | 500039 | 基金同德 |
| 500039 | 基金同德 | 500056 | 基金科瑞 |

图 1-5　沪市部分证券投资基金代码对照表

在深交所挂牌交易的证券投资基金代码由“18××××”的6位数组成。其中“18”表示证券投资基金，第3到第6位为顺序编码区，取值范围为0001～9999。目前具体代码区间为1846××～1847××，如图1-6所示。

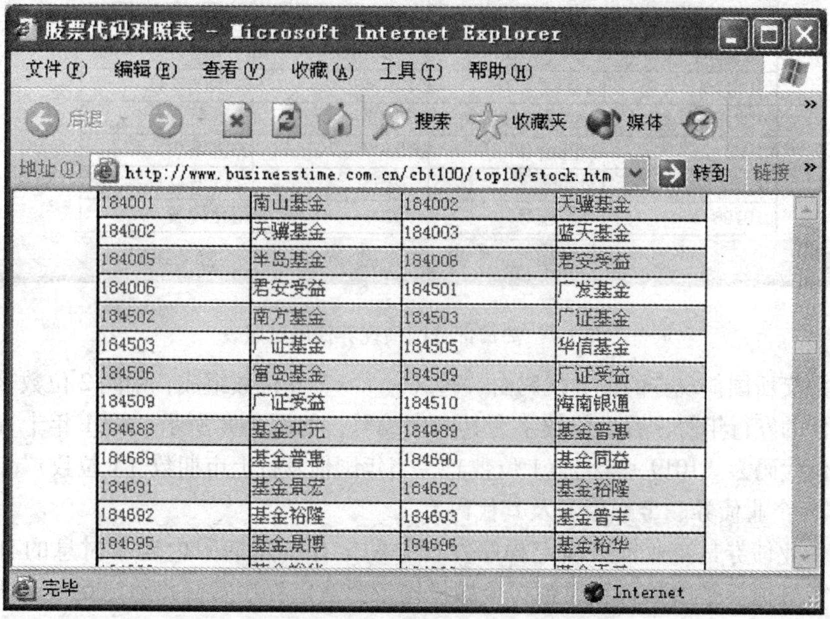


| | | | |
|---|---|---|---|
| 184001 | 南山基金 | 184002 | 天骥基金 |
| 184002 | 天骥基金 | 184003 | 蓝天基金 |
| 184005 | 半岛基金 | 184006 | 君安受益 |
| 184006 | 君安受益 | 184501 | 广发基金 |
| 184502 | 南方基金 | 184503 | 广证基金 |
| 184503 | 广证基金 | 184505 | 华信基金 |
| 184506 | 富岛基金 | 184509 | 广证受益 |
| 184509 | 广证受益 | 184510 | 海南银通 |
| 184688 | 基金开元 | 184689 | 基金普惠 |
| 184689 | 基金普惠 | 184690 | 基金同益 |
| 184691 | 基金景宏 | 184692 | 基金裕隆 |
| 184692 | 基金裕隆 | 184693 | 基金普丰 |
| 184695 | 基金景博 | 184696 | 基金裕华 |

图 1-6　深市部分证券投资基金代码对照表

## 三、债券及其证券代码

1. 国债及其证券代码

国债是中央政府为筹集财政资金而发行的一种政府债券，是中央政府向投资者出具的、承诺在一定时期支付利息和到期偿还本金的债权债务凭证。

上交所国债现券的证券代码由“01××××”的6位数组成，中间2位数字为该国债的发行年份，后2位数字为其顺序编号；2000年以前上交所国债现券代码由“00××××”的6位数组成，中间2位数为该国债的发行年份，后2位数为其顺序编号，如图1-7所示。

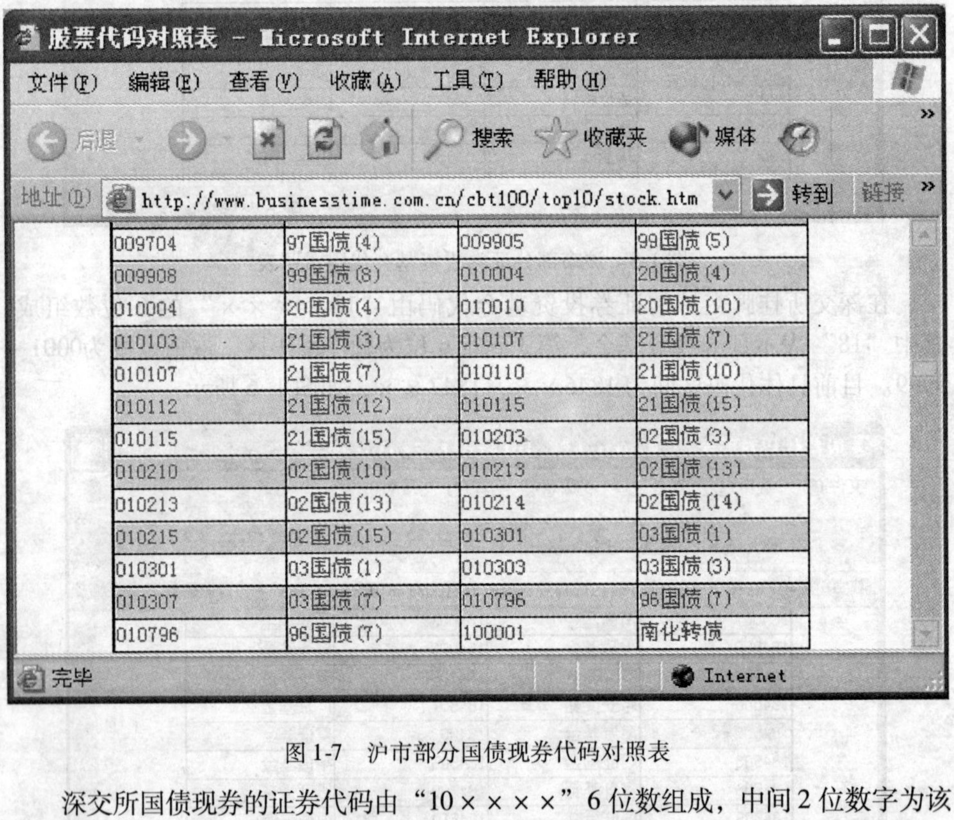


| | | | |
|---|---|---|---|
| 009704 | 97国债(4) | 009905 | 99国债(5) |
| 009908 | 99国债(8) | 010004 | 20国债(4) |
| 010004 | 20国债(4) | 010010 | 20国债(10) |
| 010103 | 21国债(3) | 010107 | 21国债(7) |
| 010107 | 21国债(7) | 010110 | 21国债(10) |
| 010112 | 21国债(12) | 010115 | 21国债(15) |
| 010115 | 21国债(15) | 010203 | 02国债(3) |
| 010210 | 02国债(10) | 010213 | 02国债(13) |
| 010213 | 02国债(13) | 010214 | 02国债(14) |
| 010215 | 02国债(15) | 010301 | 03国债(1) |
| 010301 | 03国债(1) | 010303 | 03国债(3) |
| 010307 | 03国债(7) | 010796 | 96国债(7) |
| 010796 | 96国债(7) | 100001 | 南化转债 |

图1-7 沪市部分国债现券代码对照表

深交所国债现券的证券代码由“10××××”6位数组成，中间2位数字为该期国债的发行年份，后2位数字为其顺序编号，如图1-8所示。2001年十五期以前国债代码为“1019+年号（1位数）+当年国债发行上市期数（1位数）”。

2. 企业债券、金融债券及其代码

企业债券是企业依照法定程序发行并约定在一定期限内还本付息的有价证券。金融债券是由银行和非银行金融机构依照法定程序发行并约定在一定期限内还本付息的有价证券。

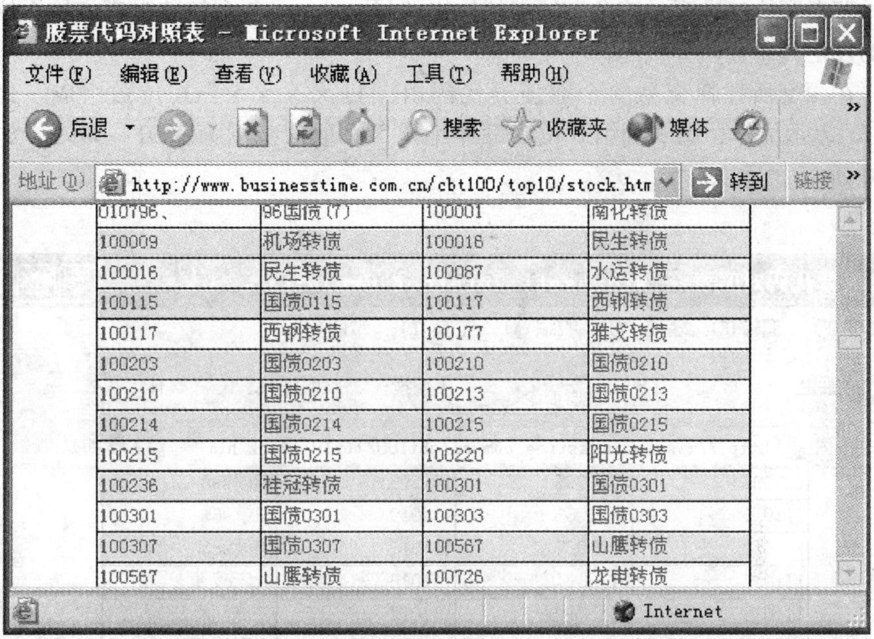


| | | | |
|---|---|---|---|
| 010796、 | 96国债(7) | 100001 | 南化转债 |
| 100009 | 机场转债 | 100016 | 民生转债 |
| 100016 | 民生转债 | 100087 | 水运转债 |
| 100115 | 国债0115 | 100117 | 西钢转债 |
| 100117 | 西钢转债 | 100177 | 雅戈转债 |
| 100203 | 国债0203 | 100210 | 国债0210 |
| 100210 | 国债0210 | 100213 | 国债0213 |
| 100214 | 国债0214 | 100215 | 国债0215 |
| 100215 | 国债0215 | 100220 | 阳光转债 |
| 100236 | 桂冠转债 | 100301 | 国债0301 |
| 100301 | 国债0301 | 100303 | 国债0303 |
| 100307 | 国债0307 | 100567 | 山鹰转债 |
| 100567 | 山鹰转债 | 100726 | 龙电转债 |

图1-8　深市部分国债现券代码对照表

在上交所挂牌交易的企业债券代码由“12××××”6位数组成，中间2位数字为该债券的上市年份，最后2位数字为该债券的上市顺序编号，如图1-9所示。

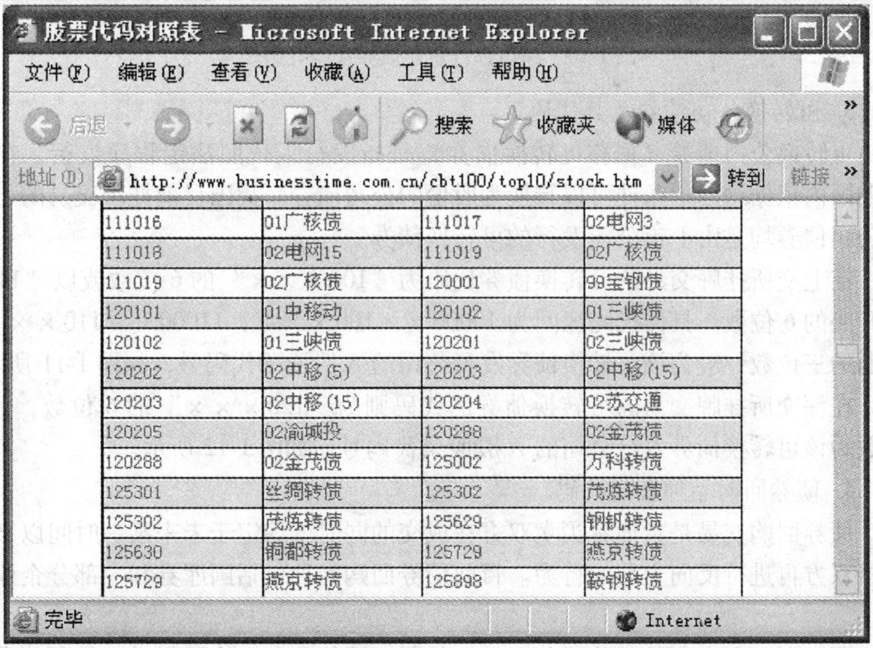


| | | | |
|---|---|---|---|
| 111016 | 01广核债 | 111017 | 02电网3 |
| 111018 | 02电网15 | 111019 | 02广核债 |
| 111019 | 02广核债 | 120001 | 99宝钢债 |
| 120101 | 01中移动 | 120102 | 01三峡债 |
| 120102 | 01三峡债 | 120201 | 02三峡债 |
| 120202 | 02中移(5) | 120203 | 02中移(15) |
| 120203 | 02中移(15) | 120204 | 02苏交通 |
| 120205 | 02渝城投 | 120288 | 02金茂债 |
| 120288 | 02金茂债 | 125002 | 万科转债 |
| 125301 | 丝绸转债 | 125302 | 茂炼转债 |
| 125302 | 茂炼转债 | 125629 | 钢钒转债 |
| 125630 | 铜都转债 | 125729 | 燕京转债 |
| 125729 | 燕京转债 | 125898 | 鞍钢转债 |

图1-9　沪市部分企业债券代码对照表

在上交所挂牌交易的金融债券代码由"11××××"6位数组成,后4位数字的设定同企业债券代码。

在深交所挂牌交易的企业债券代码由"11××××"6位数组成。其中"11"表示债券,第3到第6位为顺序编码区,取值范围为0001~9999,如图1-10所示。

| 股票代码对照表 - Microsoft Internet Explorer | | | |
|---|---|---|---|
| 文件(F)  编辑(E)  查看(V)  收藏(A)  工具(T)  帮助(H) | | | |
| 后退 ▾   ✕  ↻  ⌂   🔍 搜索  ⭐ 收藏夹  📀 媒体  ⟳ | | | |
| 地址(D) http://www.businesstime.com.cn/cbt100/top10/stock.htm  ⟶ 转到  链接 | | | |
| 101995 | 国债995 | 101998 | 国债998 |
| 111011 | 中铁963 | 111012 | 中铁965 |
| 111012 | 中铁965 | 111013 | 中信983 |
| 111015 | 01三峡10 | 111016 | 01广核债 |
| 111016 | 01广核债 | 111017 | 02电网3 |
| 111018 | 02电网15 | 111019 | 02广核债 |
| 111019 | 02广核债 | 120001 | 99宝钢债 |
| 120101 | 01中移动 | 120102 | 01三峡债 |
| | | | Internet |

图1-10 深市部分企业债券代码对照表

### 3. 可转换公司债券及其代码

可转换公司债券(简称可转换债券)是指发行人依照法定程序发行,在一定期限内依据约定的条件可以转换为股份的公司债券。我国目前挂牌交易的可转换公司债券均是由上市公司发行的可转换债券。

在上交所挂牌交易的可转换债券代码为"100×××"的6位数或以"110"为开头的6位数。具体代码区间为10000×~100×××;11000×~110×××。后面的三位数一般为该可转换债券发行公司的A股股票代码号,如图1-11所示。

在深交所挂牌交易的可转换债券的代码则为"120×××"的6位数,后3位数为该可转换债券发行公司的A股股票代码号,如图1-12所示。

### 4. 债券回购品种及其代码

债券回购交易是指债券买卖双方在成交的同时就约定于未来某一时间以某一价格双方再进行反向交易的行为。目前债券回购券种包括国库券和一部分企业债券。

深交所、上交所的回购业务,最初仅限于国债品种。为了促进交易所债券市

| | | | |
|---|---|---|---|
| 010307 | 03国债(7) | 010796 | 96国债(7) |
| 010796 | 96国债(7) | 100001 | 南化转债 |
| 100009 | 机场转债 | 100016 | 民生转债 |
| 100016 | 民生转债 | 100087 | 水运转债 |
| 100115 | 国债0115 | 100117 | 西钢转债 |
| 100117 | 西钢转债 | 100177 | 雅戈转债 |
| 100203 | 国债0203 | 100210 | 国债0210 |
| 100210 | 国债0210 | 100213 | 国债0213 |
| 100214 | 国债0214 | 100215 | 国债0215 |
| 100215 | 国债0215 | 100220 | 阳光转债 |
| 100236 | 桂冠转债 | 100301 | 国债0301 |
| 100301 | 国债0301 | 100303 | 国债0303 |
| 100307 | 国债0307 | 100567 | 山鹰转债 |
| 100567 | 山鹰转债 | 100726 | 龙电转债 |
| 100795 | 国电转债 | 101903 | 国债903 |

图 1-11 沪市部分可转换债券代码对照表

| | | | |
|---|---|---|---|
| 111019 | 02广核债 | 120001 | 99宝钢债 |
| 120101 | 01中移动 | 120102 | 01三峡债 |
| 120102 | 01三峡债 | 120201 | 02三峡债 |
| 120202 | 02中移(5) | 120203 | 02中移(15) |
| 120203 | 02中移(15) | 120204 | 02苏交通 |
| 120205 | 02渝城投 | 120288 | 02金茂债 |
| 120288 | 02金茂债 | 125002 | 万科转债 |
| 125301 | 丝绸转债 | 125302 | 茂炼转债 |
| 125302 | 茂炼转债 | 125629 | 钢钒转债 |
| 125630 | 铜都转债 | 125729 | 燕京转债 |
| 125729 | 燕京转债 | 125898 | 鞍钢转债 |
| 125930 | 丰原转债 | 125936 | 华西转债 |
| 125936 | 华西转债 | 126301 | 丝绸转2 |
| 129601 | 95吉化债 | 129701 | 96三峡债 |
| 129701 | 96三峡债 | 129702 | 96吉化债 |
| 129703 | 96梅山债 | 129801 | 97国电债 |
| 129801 | 97国电债 | 129802 | 97中铁3 |
| 129803 | 97中铁5 | 129804 | 98三峡3 |
| 129804 | 98三峡3 | 129805 | 98三峡8 |
| 129806 | 98中铁(1) | 129901 | 98中铁(2) |
| 129901 | 98中铁(2) | 129902 | 98中铁(3) |
| 129903 | 99三峡债 | 129904 | 98中信(7) |

图 1-12 深市部分可转换债券代码对照表

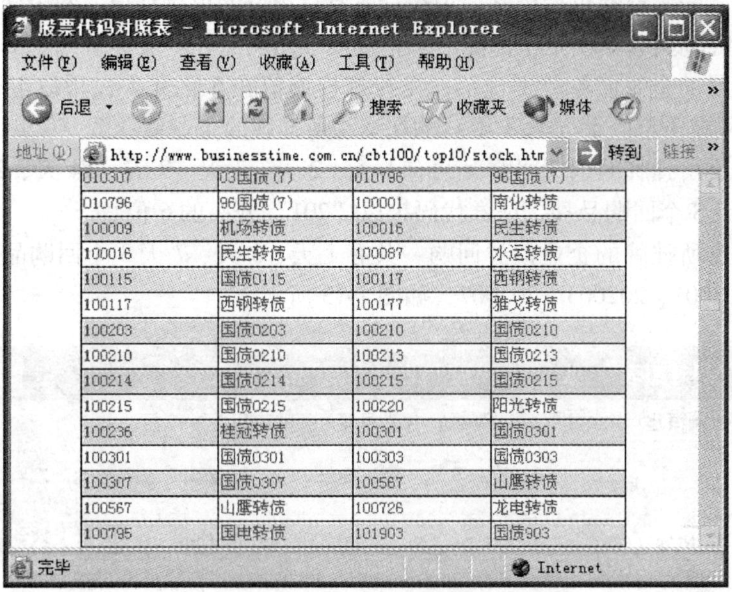

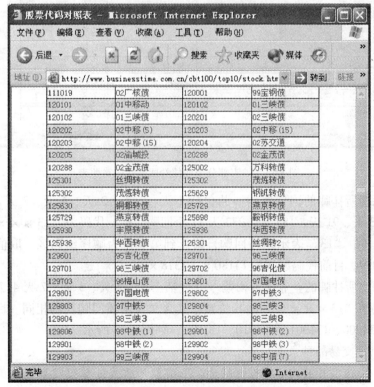

场的发展，完善债券市场机制，为投资者营造更好的市场环境，两个交易所分别于 2002 年年底和 2003 年年初推出了企业债券回购品种。能够参与上交所企业债券回购交易的企业债券范围包括：发行规模面值在 5 亿元人民币以上（含 5 亿元），期限在 3 年以上（含 3 年）的在交易所挂牌的企业债券。

在上交所挂牌的国债回购一共有 1 天、2 天、3 天、7 天、14 天、28 天、91 天、182 天 8 个回购品种，证券代码为以 "201" 开头的 6 位数。

在上交所挂牌的企业债券回购一共有 1 天、3 天、7 天 3 个回购品种，代码分别为 202001、202003、202007，如图 1-13 所示。

股票代码对照表 - Microsoft Internet Explorer

文件(F)　编辑(E)　查看(V)　收藏(A)　工具(T)　帮助(H)

后退 ·　　　　　　　搜索　　收藏夹　　媒体

地址(D) http://www.businesstime.com.cn/cbt100/top10/stock.htm　转到　链接

| 200992 | ST中昝B | 201000 | R003 |
| 201000 | R003 | 201001 | R007 |
| 201002 | R014 | 201003 | R028 |
| 201003 | R028 | 201004 | R091 |
| 201005 | R182 | 201006 | R273 |
| 201006 | R273 | 201007 | R004 |
| 201008 | R001 | 201009 | R002 |
| 201009 | R002 | 201010 | R004 |
| 202001 | RC001 | 202003 | RC003 |
| 202003 | RC003 | 202007 | RC007 |

Internet

图 1-13　沪市部分企业债券回购代码对照表

在深交所挂牌的国债回购一共包括 1 天、2 天、3 天、4 天、7 天、14 天、28 天、63 天、91 天、182 天、273 天 11 个回购品种。代码为 "13××××" 的 6 位数。其中 "13" 表示国债回购，第 3 到第 6 位为顺序编码区，取值范围为 0001 ~ 9999。目前代码区间为 13180× ~ 1318××。

在深交所挂牌的企业债券回购一共包括 1 天、2 天、3 天、7 天 4 个回购品种。代码为 "13××××" 的 6 位数，其含义与国债回购代码相同。目前具体代码为 131900、131901、131910、131911，如图 1-14 所示。

5. 其他交易品种

（1）上市型开放式证券投资基金。上市型开放式证券投资基金的英文名称为：Listed Open-end Funds，简称为 LOFs，即指在交易所上市交易的开放式证券

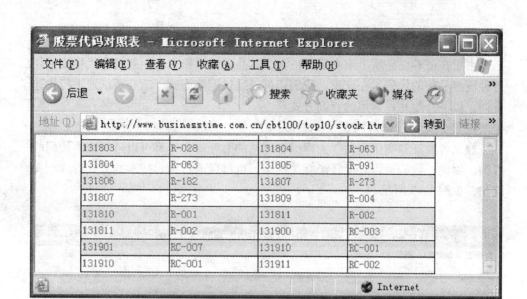

图 1-14 深市部分企业债券回购代码对照表

投资基金。同时拥有证券交易所场内集中交易和场外认购、申购、赎回两种交易方式。中国证监会批准深交所推出上市型开放式基金。

LOFs 的特点是投资者既可以通过基金管理人或其委托的销售机构以基金净值进行基金的申购、赎回，也可以通过交易所市场以交易系统撮合成交价进行基金的买入、卖出。

深交所推出的首只 LOFs 为南方基金管理公司管理的南方积极配置证券投资基金。

（2）交易型开放式指数基金。交易型开放式指数基金的英文名称为：Exchange Traded Fund，简称为 ETF，又称"交易所交易基金"。ETF 是一种跟踪"标的指数"变化、且在证券交易所上市交易的基金。投资人可以如买卖股票那么简单地去买卖跟踪"标的指数"的 ETF，并使其可以获得与该指数基本相同的报酬率。

ETF 通常由基金管理公司管理，基金资产为一篮子股票组合，组合中的股票种类与某一特定指数（如上证 50 指数）包含的成分股票相同，股票数量比例与该指数的成分股构成比例一致。例如，上证 50 指数包含中国联通、浦发银行等 50 只股票，上证 50 指数 ETF 的投资组合也应该包含中国联通、浦发银行等 50 只股票，且投资比例同指数样本中各只股票的权重对应一致。换句话说，指数不变，ETF 的股票组合不变；指数调整，ETF 投资组合要作相应调整。

我国首只获批推出的 ETF 为华夏基金管理公司管理的华夏上证 50ETF 基金。

### 四、证券代码的网上查询

由于在证券交易所上市交易的证券，其品种数量繁多，一般投资人很难记住各种证券品种的代码。在这里，我们还可以通过网络方式，随心所欲地进行快速查询。以下介绍几种常用的查询方式。

1. 搜索证券代码对照表

登录各种证券资讯网站、大型综合网站的财经专栏，都可以进行证券代码的查询。因此，我们可以直接登录有关网站，也可以通过内容搜索的方式进入相关网站，如图1-15所示。

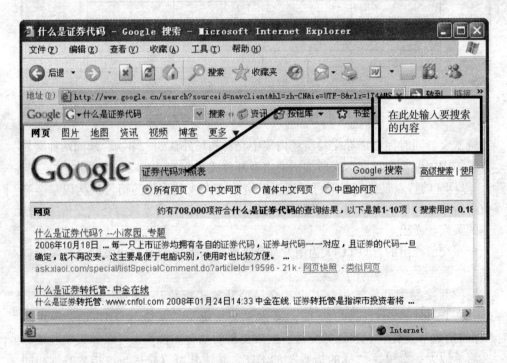

图1-15　输入查询内容

点击"搜索"，即可看到若干条搜寻结果，如图1-16所示。

选择相关条目点击进入，即获得证券代码对照表，如图1-17所示。

移动右侧滚动条，可浏览股票、债券、基金等所有证券及其代码。

在网上，类似的对照表还有很多，如果我们发现了自己感觉方便、满意的证券对照表，可以通过收藏的方式把它保存起来，以便以后直接进入。保存的方式有多种，以下介绍一种简便易行的方法。点击证券对照表上方的"收藏"，进入"添加到收藏夹"，如图1-18所示。

图 1-16 点击"搜索"

图 1-17 证券代码对照表

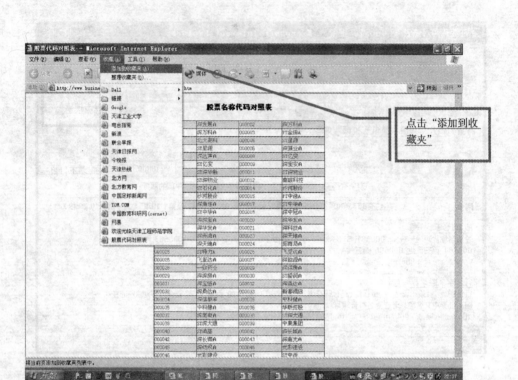

图 1-18 添加到收藏夹

点击后即弹出对话框，点击"确认"，股票代码对照表即可保存到收藏夹中，如图 1-19 所示。

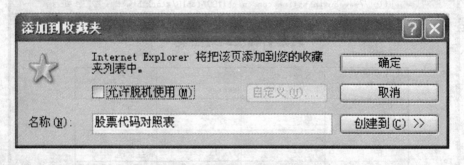

图 1-19 存入收藏夹

2. 登录交易所网页查询

通过上交所和深交所网页，也可以直接查询在这两个市场上上市的证券代码。

图 1-20 是上交所网页，其中为我们提供了查询内容的列表。

点击不同的内容，即可得到相应信息。例如，点击图1-20中的"上市公司"，即可获得在上交所上市的所有公司的证券代码和证券简称，如图1-21、图1-22所示。

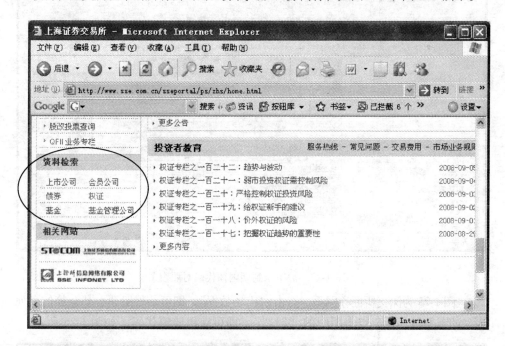

图1-20 上交所证券行情及资料查询页面

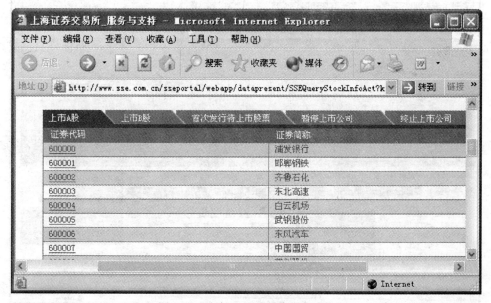

图1-21 沪市A股股票代码对照表

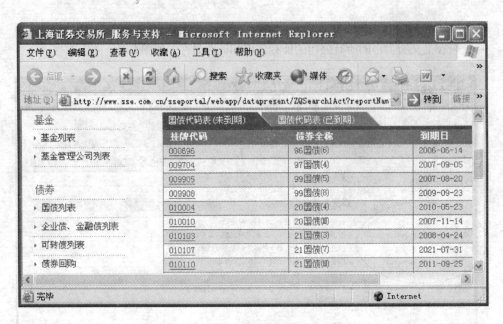

图1-22　沪市未到期国债代码对照表

图1-23为深交所证券网页，点击"市场数据"，即可获得股票、基金等信息列表，如图1-24所示，点击图中的"股票"，即可获得股票代码，如图1-25所示。

图1-23　深交所证券网页

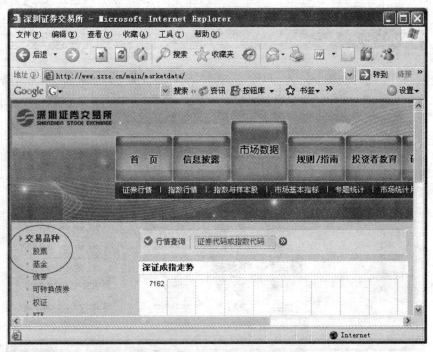

图 1-24 深交所交易品种信息列表

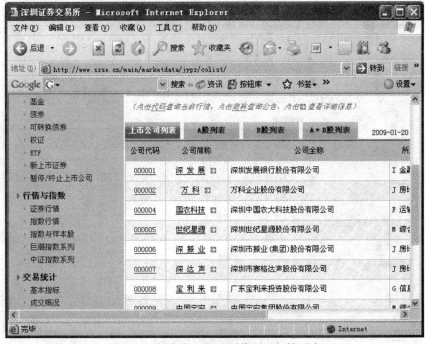

图 1-25 深交所 A 股股票代码及行情列表

通过同样的办法，可以进入基金和债券列表，如图1-26、图1-27所示。

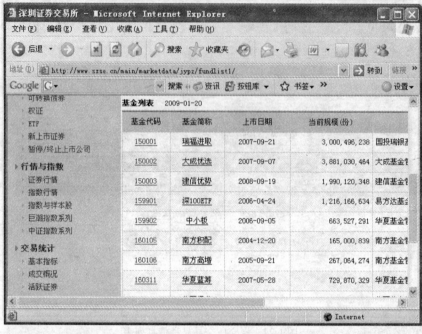

图1-26 深交所基金列表

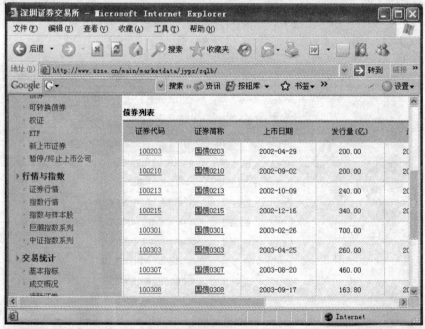

图1-27 深交所债券列表

### 3. 直接查询方式

进入相关网页后，可通过输入证券简称或其拼音首字头方式，直接查询证券代码。例如通过网易查询"深发展A"，可以输入"深发展"拼音字头"SFZ"，之后点击"查行情"，即可获得与之相关的证券代码，如图1- 28、图1-29、图1-30所示。

图1-28　网易财经

图1-29　输入"深发展"拼音字头"SFZ"，查行情

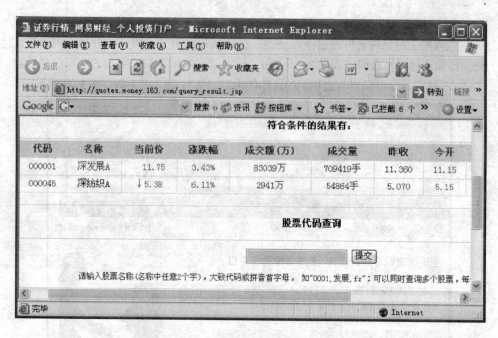

图 1-30　显示查询结果

点击所要查询的股票，即可看到其分时走势图及 K 线图。同时，知道了股票代码，也可随时通过有关网站进行相应查询，如图 1-31、图 1-32 所示。

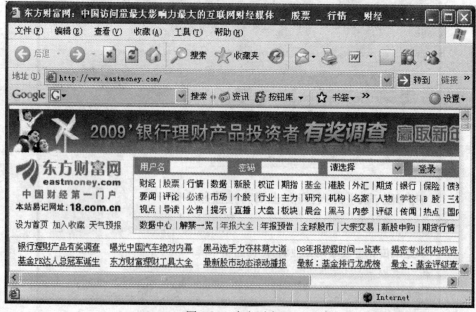

图 1-31　东方财富网

图 1-32 输入 000001，显示深发展 A（2009.1.21）行情

## 第二节 证券交易相关规定

为规范证券交易行为，使之有章可循，保证证券交易的正常运转，我国现有上海、深圳两个证券交易所在中国证监会的领导下，制定了统一的业务规则，由参与证券交易的相关各方共同遵守。

### 一、交易申报规则

（1）申报价格。交易所只接受会员（证券经营机构）的限价申报，申报指令应当包括证券账号、证券代码、买卖方向、数量、价格等内容，并按交易所规定的格式传送。

（2）委托买卖单位。买入股票或基金，以 100 股为 1 手，申报数量应当为 100 股（份）或其整数倍。债券以人民币 1000 元面额为 1 手。债券回购以 1000 元标准券或综合券为 1 手。债券和债券回购以 1 手或其整数倍进行申报，其中，上交所债券回购以 100 手或其整数倍进行申报。

（3）申报上限。股票（基金）单笔申报最大数量应当低于 100 万股（份），债券单笔申报最大数量应当低于 1 万手（含 1 万手）。交易所可以根据需要调整不同种类或流通量的单笔申报最大数量。

（4）报价单位。不同的证券采用不同的计价单位进行交易。股票为"每股价格"，基金为"每份基金价格"，债券为"每百元面值的价格"，债券回购为"每百元资金到期年收益"。

（5）价格最小变化档位。A股、基金和债券的申报价格最小变动单位为0.01元人民币；B股上交所为0.001美元、深交所为0.01港元；债券回购上交所为0.005元人民币、深交所为0.01元人民币。

（6）涨跌幅限制。交易所对股票、基金交易实行价格涨跌幅限制，涨跌幅比例为10%，其中ST股票价格涨跌幅比例为5%。

（7）涨跌幅价格的计算公式。涨跌幅价格＝上一个交易日收盘价×（1±涨跌幅比例），计算结果四舍五入至价格最小变动单位。

（8）申报限制。买卖有价格涨跌幅限制的证券，在价格涨跌幅限制以内的申报为有效申报。超过涨跌幅限制的申报为无效申报。股票、基金上市首日不受涨跌幅限制。

（9）申报当日有效。每笔申报不能一次全部成交时，未成交部分继续参加当日竞价，也可以撤销。

（10）申报方式。各证券营业部将投资者的委托数据统一通过营业部在交易所的席位采取有形席位（人工）或无形席位方式报送到交易所交易主机。席位是指交易所向会员（证券经营机构）提供的在交易所交易大厅设置的用于报盘交易的终端或用于交易的计算机远程通信端口。一般前者称为"有形席位"，后者称为"无形席位"。有形席位报盘是指申报指令由证券机构派驻在交易所交易大厅内的交易员在交易席位输入到交易所交易主机。无形席位报盘是指证券机构将投资者的申报指令经过柜台系统处理后，通过卫星自动输送到交易所交易主机。我国各证券经营机构基本上均使用无形席位报盘，不再采取有形席位报盘方式。

## 二、竞价规则

在证券交易所，证券价格的产生方式有两种：一是集合竞价，二是连续竞价。集合竞价是指对一段时间内接受的买卖申报一次性集中撮合的竞价方式；连续竞价是指对买卖申报逐笔连续撮合的竞价方式。每个交易日9：15～9：25为连续竞价时间。

集合竞价时，成交价格的确定原则为：成交量最大的价位；高于成交价格的买进申报与低于成交价格的卖出申报全部成交；与成交价格相同的买方或卖方至少有一方全部成交。两个以上价位符合上述条件的，上交所取其中间价为成交价，深交所取距上一个交易日收盘价最近的价位为成交价。

连续竞价时，成交价格的确定原则为：最高买入申报与最低卖出申报价格相同，以该价格为成交价；买入申报价格高于即时揭示的最低卖出申报价格时，以即时揭示的最低卖出申报价格为成交价；卖出申报价格低于即时揭示的最高买入申报价格时，以即时揭示的最高买入申报价格为成交价。

集合竞价未成交的买卖申报，自动进入连续竞价。

深交所有涨跌幅限制的证券有效竞价范围与涨跌幅申报范围一致。

深交所无涨跌幅限制证券的交易按下列方法确定有效竞价范围：

上市首日集合竞价的有效竞价范围为发行价的上下 150 元，连续竞价的有效竞价范围为最近成交价的上下 15 元；非上市首日集合竞价的有效竞价范围为上一个交易日收盘价的上下 5 元，连续竞价的有效竞价范围为最近成交价的上下 5 元。

深交所无价格涨跌幅限制的证券在集合竞价期间没有产生成交的，按下列方式调整有效竞价范围：有效竞价范围内的最高买入申报价高于发行价的，以最高买入申报价为基准调整有效竞价范围；有效竞价范围内的最低卖出申报价低于发行价的，以最低卖出申报价为基准调整有效竞价范围。

买卖申报经交易主机撮合成交后，交易即告成立。符合交易所规则各项规定达成的交易于成立时生效，买卖双方必须承认交易结果，履行清算交收义务。因不可抗力、意外事件、交易系统被非法侵入等原因造成严重后果的交易，交易所可以认定无效。

违反交易所规则，严重破坏证券市场正常运行的交易，交易所有权宣布取消交易。由此造成的损失由违规交易者承担。

### 三、成交清算规则

会员（证券经营机构）间的清算交收业务由交易所指定的登记结算机构负责办理。依照交易所规则达成的交易，其成交结果以交易所指定的登记结算机构发送的结算数据为准。

会员（证券经营机构）应当在成交后的第一个交易日（$T+1$）开市前为客户完成清算交收手续，投资者可于 $T+1$ 个交易日后卖出已成交的证券（B 股的交收期为 $T+3$ 个交易日）。

### 四、B 股特殊交易规则

B 股交易方式分为集中交易和对敲交易。集中交易是指在交易时间内通过交易所集中市场交易系统达成的交易。对敲交易是指 B 股证券商在开市后至闭市前 5 分钟将其接受的同一种 B 股买入委托和卖出委托配对后输入，经交易所的对敲交易系统确认后达成的交易。对敲交易仅限于股份托管在同一证券商处且不同投资者之间的股份协议转让。每笔交易数量须达到 50000 股以上。

B 股实行 $T+1$ 交易、$T+3$ 交收。$T+1$ 交易即投资者可将 $T$ 日买入的股票于 $T+1$ 日卖出；$T+3$ 交收即在成交日的第三日完成股份交收。在此之前，投资者不能提取卖出股票款和进行买入股票的转托管。

## 第三节　证券托管登记制度

在我国，上交所、深交所实行不同的证券托管登记制度。上交所实行全面指定交易制度（从事 B 股交易的境外投资者除外），深交所则实行券商托管制度。

### 一、上交所的全面指定交易制度

所谓全面指定交易制度，是指凡在上交所交易市场从事证券交易的投资者，均应事先明确指定一家证券营业部作为其委托、交易清算的代理机构，并将本人所属的证券账户指定于该机构所属席位号后方能进行交易的制度。上交所全面指定交易制度于 1998 年 4 月 1 日起实行。投资者在办理指定交易后，也可根据需要将自己的指定交易所属证券营业部予以变更。

（一）办理指定交易

办理指定交易一般可分为以下四个步骤：

（1）投资者应选择一家证券营业部为全面指定交易的代理机构。

（2）投资者应持本人身份证和证券账户卡前往已选定的全面指定交易代理机构，经证券营业部审核同意后，与该机构签订《指定交易协议书》。

（3）投资者指定的证券营业部须向上交所计算机交易主机申报证券账户的指定交易指令；在经证券营业部审核同意后，投资者也可通过证券营业部的计算机自助申报系统自行完成证券账户的指定交易申报。

（4）上交所计算机交易主机接受证券账户的指定交易指令，指定交易即刻生效。

在申报的过程中，证券账户指定交易指令的申报代码为"799999"，数量为"1"，买卖方向为"买入"，价格为"1"。需要指出的是，无论投资者采用上述哪种申报方式，都必须与指定交易所属证券营业部签署《指定交易协议书》，以明确双方的责任权利关系。

（二）撤销指定交易

投资者撤销指定交易的程序为：

（1）向其原指定的证券营业部填交"指定交易撤销申请表"。

（2）由证券营业部通过其场内交易员向上交所计算机主机申报撤销指定交

易的指令。

（3）交易所计算机主机接收撤销申报指令，当日收市后，由上交所发出确认回报，该证券账户的指定交易即失效。

### （三）变更指定交易

投资者须先办理撤销手续，然后再在一家新的证券营业部重新办理指定交易的登记手续。此后投资者便可以在新的证券营业部进行证券买卖。指定交易一般即时生效。

办理全面指定交易撤销必须在投资者于原指定券商处已完成清算交收责任且无违约情况的前提下进行。如某投资者在上午已经买进或卖出某股票，由于清算交收还没有完成，券商不予受理该账户的撤销指定交易申请。

### （四）不能撤销的指定交易

因投资者未完成清算交收责任而不能撤销指定交易的情况有以下几种：

（1）投资者当日已经有证券成交，尚未完成交易交收责任。

（2）投资者当天已经办理了委托，但未成交，且投资者未成交部分的委托尚未全部撤销的。

（3）投资者账户证券余额有负数未能解决的。

（4）投资者账户撤销后造成券商总的证券余额为负数的。

（5）尚处于新股认购期内的。

## 二、深交所的券商托管制度

深交所实行的券商托管制度是指深市投资者所持有的股份需托管在自己选定的证券经营机构处，由证券经营机构管理其名下明细股票资料。这一制度实行自动托管，随处通买，即托管券商制度的托管是自动实现的，投资者在任一证券经营机构处买入证券，这些股份或证券就自动托管在该证券经营机构处。投资者可利用同一证券账户在国内任一证券经营机构处买入证券。但卖出时只能在买入某证券的证券经营机构处进行。若要在另一机构处卖出，则需办理转托管。

证券转托管是指深市投资者将其托管在某一券商处的证券转到另一券商托管。深市证券转托管的特点是：

（1）投资者可以将所有的证券一次性地全部转出，也可转其中部分券种或同一券种的部分证券。

（2）利用交易系统办理转托管的品种只包括深交所挂牌的A股、B股、基金、可转换债券、2000年以后发行上市交易的国债等。配股权证、2000年以前发行上市交易的国债不能转托管。

（3）投资者转托管报盘在当天交易时间内允许撤单。

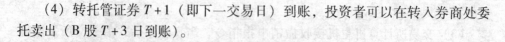

（4）转托管证券 $T+1$（即下一交易日）到账，投资者可以在转入券商处委托卖出（B 股 $T+3$ 日到账）。

### 三、常规交易方式

#### （一）现场交易

现场交易是指在交易时间内投资者亲临证券营业部，在营业部现场下单交易的方式。现场交易一般包括柜台委托、自助委托、热键交易。

1. 柜台委托

柜台委托是指投资者在证券营业部的业务柜台填写交易委托单，签字确认后由证券营业部业务人员审查合格后，通过营业部的交易系统下单交易的交易委托方式。柜台委托一般适用于对证券交易其他方式不熟悉的投资者（主要为老年投资者）。此种委托方式投资者不能了解证券交易品种的最新行情，比通过自助委托等其他方式速度慢一点。

2. 自助委托

自助委托是指投资者利用资金账户卡在证券营业部内设置的自助委托机上划卡输入密码后，自行下单交易的委托方式。该种方式一般在营业大厅内进行投资，交易的投资金额较少，适合散户投资者使用。该种交易方式投资者在委托下单的过程中能实时了解证券交易品种的价格，具有方便、迅速、直观的特点。

3. 热键交易

热键交易是指投资者在证券营业部证券行情界面下通过输入资金账号或证券交易所股东账号和密码后自行委托交易的方式。该种方式一般为证券营业部的大中户投资者使用。

#### （二）电话委托

电话委托是指投资者通过拨打证券营业部的电话委托交易号码，按电话中的语音提示操作委托交易的方式。这种方式为交易时间内不能亲临营业部或通过网上交易等其他非现场交易方式进行委托的投资者提供了方便。目前电话委托交易已占证券营业部交易量的相当比例。

#### （三）网上交易

网上交易是指投资者利用因特网登录证券公司网站获取证券实时行情，并通过因特网进行下单交易的委托方式。

我国大部分证券公司均已获中国证监会批准开通了网上交易功能。网上交易已成为各证券公司开展竞争、争夺客户的重要手段。网上交易突破了地域限制，不受工作时间等因素影响，不管投资者是在办公室、家中或是在外地出差，都可自行委托下单交易。网上交易除了具有便捷的交易功能外，通过登录证券公司等相关网站，还可以使投资者及时、准确地获取各种证券的相关信息，便于作出决策。

### （四）远程交易

远程交易也称为"远程可视委托"，主要是为证券营业部外的用户进行委托交易的后台处理，将远程系统中规定的委托查询数据格式转换成证券营业部所采用的交易柜台格式，并与交易柜台服务器通过电话线路进行数据交换。行情多采用有线电视接收系统，通过增加计算机中的硬件装置来实现行情查询分析。目前，随着互联网的普及，网上交易的发展速度逐渐超越了远程交易的发展。

### （五）"银证通"交易

"银证通"业务是指投资者直接利用在银行网点开立的活期储蓄存折，通过银行或券商的委托系统（如网上交易、电话委托、客户呼叫中心等）进行证券买卖的一种金融服务业务。它是在银行与券商联网的基础上，个人股东投资者直接使用银行账户作为证券保证金账户，通过券商的交易系统进行证券买卖及清算的一项业务。

"银证通"产品具有以下特点：

（1）"银证通"业务中投资者的交易结算资金存放在银行，由银行实行实名制管理，证券交易通过券商的卫星系统报送到上交所、深交所。

（2）在"银证通"业务中，银行、券商两者互相监督，各司其职，更好地维护投资者利益。由于投资者买卖股票的钱直接在银行存折上存放，投资者可以很方便地在晚间、节假日存钱、取钱或办理相关业务。

（3）"银证通"业务可以合理利用银行和券商双方的服务平台，发挥各自的优势，服务投资者。

（4）通过"银证通"交易，客户不必亲往证券公司，只需拨打银行电话或证券营业部交易电话，也可以登录双方网站完成证券交易。另外，客户的活期储蓄账户既可用于证券交易的资金清算，也可用于正常的提取现金、转账等个人金融业务，从而实现"一户多用"。

### （六）手机交易

手机交易也称"移动证券"业务，是一项基于无线数据通信的全新业务。目前主要有两种技术方向：一种基于手机短信息，一种基于WAP（无线应用协议）。它的最大特点是：实现手机移动与证券交易的全面整合，构建一个跨行业横向发展的新平台。在这项业务中，证券服务的信息内容提供商利用移动通信的无线技术，通过移动电话接收证券行情、进行证券交易、查看证券资讯。让客户享受到与证券交易所、电话委托或网上委托完全等同的投资、交易权益。

## 四、网上交易的安全措施

网上交易的安全性问题一直是国家、政府部门及各专业机构研究的重要内容，不断有可靠的产品、技术、方案出台，可以说目前的网上交易安全技术已经到了很高的水平。

## （一）SSL 协议

目前国内网上交易系统普遍采用 SSL 协议进行交易数据的加密传输。SSL 协议包括一系列严格的保密措施，其中在信息数据传输方面，采用了 DES 128 位对称加密技术来保障数据传输的安全性。DES（Data Encryption Standard）对称加密技术起源于美国，现已被列为美国联邦标准，目前国内金融机构采用该项加密技术的较多。就加密强度而言，DES128 位对称加密远比 40 位对称加密更加强大，其加密强度均达到甚至超过国外对网上金融业务的要求，其加密技术完全能够保障数据传输的安全性，可以防窃听、防伪造、防篡改、防否认。

## （二）CA 认证和数字签名

还有一些券商同时采用了网上 CA（Certification Authorty）认证和数字签名，以保证数据本身的合法性。CA 是一个确保信任度的权威实体，它的主要职责是验证用户身份的真实性，签发网络用户电子身份证明——证书。任何相信该 CA 的人，按照第三方信任原则，也都应当相信持有证明的该用户。

中国证券监督管理委员会也对证券商从事网上交易业务进行审核，并且在中国证监会网站上进行公示。因此客户可以到官方网站上查询此类信息，从另一个侧面保障了投资者的利益。

### 📚 小资料

### 证券投资常用术语

1. 多头和空头

在股市中，一般将持有股票的投资者叫做多头，而将暂不持有股票的投资者叫做空头。这样又通常将买入股票的人称为做多，而将卖出股票的人称为做空。

2. 仓位

仓位是指投资者买入股票所耗资金占资金总量的比例。当一个投资者的所有资金都已买入股票时就称为满仓；若不持有任何股票就称为空仓。

3. 多翻空与空翻多

多头觉得股价已涨到顶峰，于是尽快卖出所买进的股票而成为空头，称为"多翻空"；反之，当空头觉得股市下跌趋势已尽，于是赶紧买进股票而成为多头，叫"空翻多"。

4. 利多与利空

对多头有利且能刺激股价上涨的消息称为"利多"。

对空头有利且能促使股价下跌的消息叫"利空"。

5. 含权、除权、填权与贴权

含权是指某只股票具有分红派息的权利。

除权是指股票已不再含有分红派息的权利。

填权是指股票的价格从除权价的基础上往上涨来填补这个价差的现象。

贴权是指股票除权后其价格从除权价基础上再往下跌的现象。

如股票 G 现价为 11 元，分红方案为每 10 股送 1 股，股票的除权价为每股 10 元。若除权后股票的价格从 10 元的基础上往上涨，则称为填权；若从 10 元的基础上向下跌，则称为贴权。

6. 牛市、熊市、猴市和鹿市

牛的头通常总是高高昂起的，所以人们用它象征着股市的上扬行情。

熊的头一般都是低垂着的，所以人们用它来比喻股市的下跌行情。

猴子总是蹦蹦跳跳的，所以人们用它来比喻股市的大幅振荡。

鹿比较温顺，人们则用它来比喻股市的平缓行情。

7. 坐轿与抬轿

预计股价将随利多消息的出现而大幅上升时，预先买进股票。在其他人峰涌买入股票而促使股价大幅上涨时，卖出股票以牟取厚利，称之"坐多头轿子"。

预计股价将会因利空消息而大幅下跌时先卖出股票，待大家争相将股票出手而引起股市大跌后再买回股票从而获取巨额利润，这叫"坐空头轿子"。

8. 割肉

在股市上，将股票以低于买入价卖出的现象称为割肉。

9. 长多、短多、死多

对股市远景看好，买进股票长期持有以获取长期上涨的利益，叫"长多"。

认为股市短期内看好而买进股票，短期保持后即卖掉，获取少许利益，等下次再出现利多时再买进，称为"短多"。

对股市前景总是看好，买进股票，不论股市如何下跌都不愿抛出的股民叫做"死多"。

10. 套牢与踏空

买入股票的价格高于现在的行情，使股民难以卖出股票而保本称为套牢。

股民在股市的低点未及时买进股票而错过赚钱的机会叫做踏空。

11. 盘整

盘整是指股票指数或股票价格的波动基本围绕在某一点徘徊。如果盘整波动范围较小且上涨或下跌都不容易就称为走势牛皮。

12. 回档与反弹

在股票指数或股价的上涨过程中出现暂时下跌的现象称为回档，而在股价下跌过程中出现暂时回升称为反弹。

13. 提宫灯

提宫灯是日本对散户的称呼，指追随他人买进或卖出，基本上没有主见的投资者。

14. 满堂红与全盘飘绿

当全部的股票都上涨时就称为满堂红；当所有的股票都下跌时就称为全盘飘绿。

15. 与分红派息有关的 4 个日期

(1) 股息宣布日：公司董事会将分红派息的消息公布于众的时间。

(2) 派息日：股息正式发放给股东的日期。

(3) 股权登记日：统计和确认参加本期股息红利分配给股东的日期。

(4) 除息日：不再享有本期股息的日期。

# 第二章 软件下载与安装

**📚 本章指引：**

在这一章里，我们将集中向大家介绍通过互联网方式进行证券投资的有关知识和基本操作，其中包括：证券交易系统的构建，软件的下载、安装和使用等。

## 第一节 证券网上交易

### 一、证券交易方式的更新

以互联网为依托的电子商务发展到今天，网上交易已不再陌生。网上银行、网上购物等交易方式，早已被一些走在潮流前面的人所使用。目前，中国进行证券投资的人不在少数，是一个很庞大的投资群体，而网络发展又给证券的网上交易提供了良好的平台，因此，证券的网上业务迅速壮大起来。

谈到证券网上交易的发展，就不得不谈网络的发展。正是因为互联网有了现在的规模，才带来了网上经济的进步。十几年前，互联网在中国也只不过是一部分白领阶层办公时才使用，而现在，Internet 已经成为不懂英文的人也知道的单词。证券的交易方式正在逐渐地发生转变，很多原先在证券公司现场交易的客户已经将交易系统挪到了家中，开始了网上交易。

回顾这十几年来证券市场的发展，资深投资者们都深有感触。当年做股票可不容易，很多操作都是手工完成的。比如，买卖证券必须由客户自己填写交易申请单，交给柜台人员后，再由券商的工作人员打电话到沪、深交易所"报单"，才能完成一笔委托。这样的交易效率是很低的。而现在，投资者只需坐在办公室或家中，轻点鼠标，瞬间就可完成证券买卖，而在这个瞬间里，股票交易信息已通过线缆和卫星传输到沪、深交易所，又传了回来。同样，存取款也可在附近的银行完成，并且通过资金划转系统进行转入或转出操作。由此可见，科技的发展带来了交易方式的变革，网上交易已经成为了证券交易的发展趋势。

## 二、证券网上交易的优势

对比在证券公司的现场交易和网上交易，我们不难看出网上交易的优势。

网上交易软件开发商在设计软件时考虑了大众化的需求，程序编制得非常简单，并易于操作。而且由于 Windows 的操作特点本身就很简单，因此网上分析系统比目前在证券公司交易现场的客户使用的 Dos 系统分析软件操作起来快捷直观。鼠标操作比通过键盘操作易于掌握。

客户在全球任何国家、任何地区，只要能够连接到互联网，就可以进行网上交易。例如，在外地使用电话委托方式是需要打长途电话的，而网上交易是本地拨号或其他方式上网，因此对于异地交易，网上交易的成本明显低于电话委托。

随着我国网上交易的飞速发展，很多券商为这部分客户提供了很好的服务。如在网上交易软件中嵌入了专家在线模块，投资者可以在看行情、做交易的同时，向本公司的投资分析师提问，并得到解答。除此之外，券商还会将一些需提示投资者关注的信息通过 E-mail 传递到客户的邮箱中。通过这些功能，使网上交易客户享有了与现场客户同样的服务。

科技在发展，电子商务在发展，证券的网上交易也在发展，网上交易已不再是什么新鲜事物，证券的网上委托将会成为众多交易方式中主要的交易手段。

# 第二节　网上行情查询与软件下载

## 一、证券网站与网上证券委托系统

伴随互联网的发展，国内证券公司基本上都开设了自己的网站，用于宣传本公司业务，并为客户提供软件下载和咨询服务。一般证券公司的网站提供财经新闻、上市公司信息、当日交易提示、专家在线解答以及本券商对证券市场走势的研究成果。此外，券商还提供了行情的实时走势以及软件的免费下载服务。这样，客户既可以通过网站以 Web 方式查询行情，进行证券买卖委托，也可把免费的软件下载到本地计算机中，安装程序并通过网络查看行情以及委托交易。

网上证券委托系统是证券公司或一些专业网络公司专为网上交易客户提供的一套网上证券实时分析系统，其功能包括：实时动态股市行情及技术分析、实时银证转账、快速委托下单。

## 二、网上证券分析（交易）系统

尽管投资者在开通网上交易时都会在证券部取得一套网上证券委托系统，但也应该根据自己对上网知识的了解程度，对网上交易系统事先有所了解和选择。网上证券分析（交易）系统应该功能齐全、操作简单、界面友好，具体应有以下几个特点：

（1）集股市行情分析、银证转账与委托下单功能于一身。与传统交易分析系统一样，网上证券分析（交易）系统应能提供股市动态行情、技术分析、各种灵活动态排名、详尽的历史数据、即时准确的资讯信息等；还应该具备提供保证金账户和股票账户管理、资金和成交流水查询、银证资金双向即时划转等功能。

（2）能够提供更为简单方面的操作使用特性，如兼顾大多数现有投资者，采用大家非常熟悉的仿钱龙界面和热键功能，真正实现键盘、鼠标全部兼容。

（3）支持证券名称拼音简缩输入法。在多种证券选择方法（如证券代码输入、证券列表选择等）的基础上，考虑到大多数投资者更为熟悉证券简称的情况，特别支持证券名称拼音简缩输入法。投资者即使忘记了证券代码，也可以方便地指定证券名称。如深圳 A 股的"深发展"，既可以输入证券代码"000001"，又可以输入证券名称汉语拼音首字符"SFZ"来指定证券。

（4）支持证券历史数据的离线访问。这种功能用于不能随时或经常上网的投资者以及不需要在线访问的时候（如休息日等）来浏览大盘和证券历史数据，分析走势和查阅各种证券背景资料与资讯。

（5）能够为投资者保证所有交易信息的保密性与安全性。提供快速的证券委托、资金及证券查询、历史流水数据查询和银证转账。

（6）尽可能减少投资者的操作程序。在设计上充分考虑了系统的灵活性、扩充性、易于维护性和其他一些自动化及方便的特性（如服务器端动态配置），尽量减低投资者的手工干预（如主站增加、选择），减少投资者升级的几率。例如，主站动态均衡调配，保证投资者能够自动连接到负载较小的主站上去；又如，主站扩容、增加服务器时，投资者不用任何操作，自动就能享受到更加快捷顺畅的服务。

目前许多券商及证券专业资讯网站采用的网上证券委托系统基本能够具备上述功能，不同的证券部提供不同的交易分析软件系统，投资者可根据自己熟悉的操作系统按实际情况作出选择。

## 三、通过 Web 方式查询行情并进行交易

选择这种委托方式无需另外安装任何软件，投资者在证券部办理了网上交易相关开通手续后，通过访问证券公司的网址，在证券公司网站提供网上交易服务的地方直接下单委托即可。例如，访问国泰君安证券网站，你只要在国泰君安证券下属的证券营业部开户并且开通网上交易，就可以在该网站中的"网上交易"

一栏登录进行网上交易。无论你身在世界任何地方，只要有一台与互联网相连的电脑终端，通过访问证券公司网站的网上委托系统，就可以进行股票的买卖委托、查询操作，同时还能够查询大盘、个股行情，获得丰富的专业财经资讯及专家的在线咨询等理财服务。

值得注意的是，通过浏览器委托的方式安全性较使用专业版软件委托方式差，因此，建议用户使用这种方式委托后修改密码。

首选登录证券公司网站，在 Internet Explorer 程序的"地址"栏中输入需要登录的券商网站的域名或中文（以新浪财经为例，见图 2-1）。

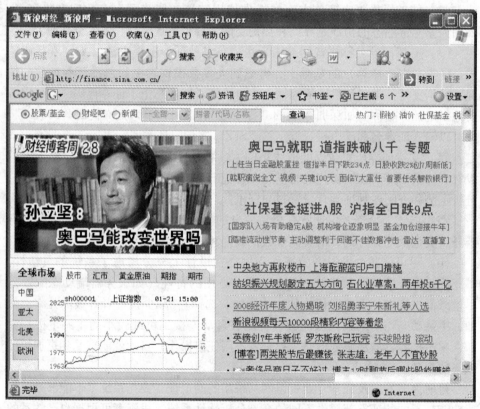

图 2-1　登录新浪财经主页

进入主页面后可从网站中查找所需要的证券市场的行情，如图 2-2 所示。

## 四、通过软件下载到计算机进行交易

投资者在证券部开户网上交易时，证券部给开户客户免费提供一套用于进行证券委托交易的软件。客户只要将委托系统软件安装在自己的计算机中，即可接通开户的证券营业部进行网上的委托交易、行情分析。此网上交易方式将行情分析和委托交易结合为一体，即可以在接收行情、进行行情分析的同时，下单委托。该系统与投资者在证券部利用计算机下单相似，操作简便。大部分证券公司均提供这样的网上委托方式。

图2-2　上证综合指数（2009.1.21）

这种方式在应用中较为普遍，使用起来操作简单、界面直观，比较符合投资者传统买卖股票、分析行情的习惯，其行情分析系统功能强大，并可将数据下载到本地来进行离线浏览。功能较 Web 方式全面，因此，下面主要介绍采用这种方式进行证券投资的操作方法。

首先，登录证券商的公开网站。一般而言，券商网站均会把软件下载放在较为醒目的位置上，方便投资者查找，如图 2-3 所示。

点击图 2-3"下载中心"，即可进入软件下载页面，如图 2-4 所示。点击图 2-4 中的"网通下载"或"电信下载"，即可进行软件下载。

系统会自动提示用户保存文件。点击"保存"按钮，如图 2-5 所示，将文件保存到本地计算机中，如图 2-6 所示。

图 2-3　渤海证券网站

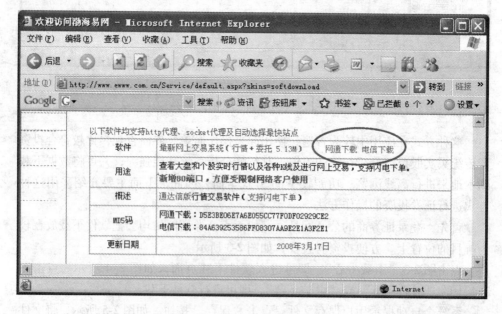

图 2-4　网上交易系统软件下载

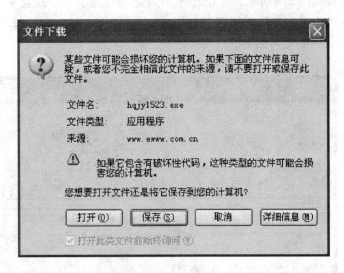

图2-5 点击"保存"

图2-6 将文件保存到本地计算机

下载过程如图 2-7 所示，并于程序下载完成时提示"下载完毕"，如图 2-8 所示。如在"下载完毕后关闭该对话框（C）"前的"□"内选择了"√"，则不显示"下载完毕"对话框。

图 2-7　下载过程

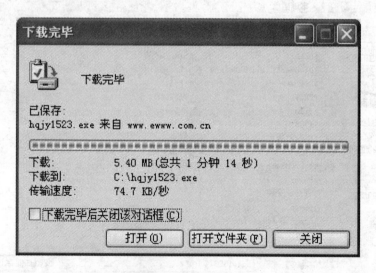

图 2-8　"下载完毕"提示

　　需要注意的是，由于交易系统的不断升级，券商的网上交易软件也会不断进行版本的更新，并在网站中标明当前软件的版本及更新日期。因此，用户应下载当前最新的版本。

## 第三节　网上交易软件的安装与使用

### 一、交易软件的安装

下载软件的安装文件一般为＊.exe 文件，将此文件保存在计算机存储器的某一位置，双击此文件进行安装，如图 2-9 所示（以渤海证券为例）。

图 2-9　网上交易软件的安装（一）

在安装过程中，计算机会提示选择安装目录，用户可根据自己的习惯将程序安装在默认的位置或者自定义的位置，如图 2-10、图 2-11 所示。

安装过程完成后，有的网上交易软件会分别生成"行情"、"交易"两个图标，如图 2-12 所示；也有一些券商的网上交易软件"行情"与"交易"不分开，只生成一个执行文件，这种情况也很多见。

点击"行情"文件，即进入网上交易系统，程序界面如图 2-13 所示。

### 二、交易系统的使用

下面以恒生软件为例，介绍网上交易系统的使用。

程序运行前，需根据用户的计算机自行配置计算机的各项参数，以保证计算机能够通过互联网查询行情及交易。

图 2-10　网上交易软件的安装（二）

图 2-11　网上交易软件的安装（三）

图 2-12　图标

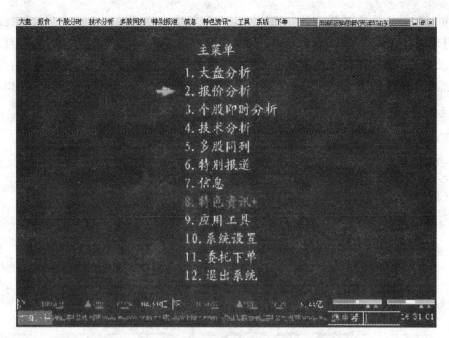

图 2-13 程序界面

首先，计算机应处于网络连接状态，然后点击菜单目录"系统"中的"连接主站"（见图 2-14），将提示"连接站点"对话框（见图 2-15）。在此对话框

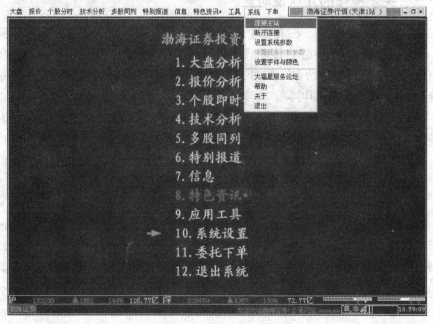

图 2-14 点击"连接主站"

中可设置站点地址以及登录方式等。用户在下拉框里选择站点地址，也可选择"自动选择行情站点"，然后单击"连接"即可。程序在自动运行后，将会自动登录到用户上次使用该程序所登录的行情服务器。如果用户重新选择新的站点，可点击系统中的"连接主站"或者点击图下方的快捷图标即可。

图 2-15　"连接站点"对话框

### 三、关于操作的几点说明

（1）在"站点地址"栏有多个站点地址，用户可以点击下拉框，选择就近的一个站点。点击"连接"，成功后，系统会进行初始化。用户也可以增加新的站点地址。点击"增加站点"按钮，在弹出的对话框中输入"站点名称""站点地址"，点击"确定"即可。

（2）考虑到一些被连接的服务器可能由于某种原因无法被正常连接，因此很多券商提供了备份的行情服务器。但要记住那么多的服务器站点地址颇费精力，新的客户端提供了自动连接备份站点的功能。用户可以自己设置默认备份站点，取目前连接站点的附近四个站点作为备份站点。界面如图 2-16 所示。

（3）如果用户是通过代理服务器（如 MS proxy server、sockets proxy、winsocket）上网的局域网用户，则一般需要设置代理服务器才行，如图 2-17 所示。点击"代理设置"，在弹出的对话框中填入代理服务器的地址和端口。具体设置根据用户所在的局域网使用的代理服务器的不同而有所区别。如果代理服务器是 sygate，则不需要作任何设置。如果用户是通过 MS proxy server、sockets proxy、winsocket 上网的，则选择"使用 socket 代理服务器"，并输入服务器的地址，端口号通常为 1080。如果用户不知道用户所在的局域网的服务器使用的是何种代理，可以与当地的局域网网络管理员联系，或选择"使用 HTTP 代理服务器"，输入服务器的地址，端口号一般设为 80。

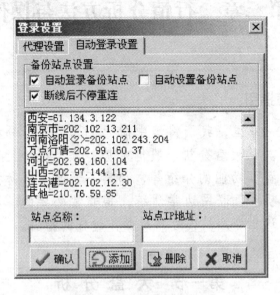

图 2-16 备份站点界面

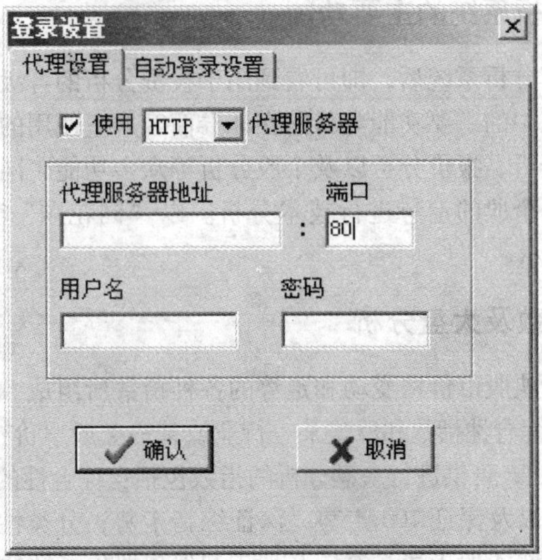

图 2-17 设置代理服务器

　　以上是恒生系统中的网络设置方法，目前市场上流行的网上交易软件有很多种，有的不需要设置代理服务器也可通过代理服务器上网。因此，在使用时可根据交易软件的实际需要自行设置。

# 第三章　行情分析方法与操作

## 本章指引:

　　在这一章里，我们将集中向大家介绍行情分析方面的有关内容。从大盘分析、股价走势、分类报价、个股分析的方法、盘面功能的介绍等，都离不开网上实际操作。借助于计算机和互联网边学边练，是非常必要的。从这个意义上说，这里介绍的内容只是操作过程的指引。

## 第一节　大盘分析

### 一、行情分析系统的主要功能

　　进入网上行情分析系统后，即可看到用于投资分析的各级菜单及界面。网上交易行情分析系统中的主要功能与目前在证券商客户室使用的投资分析软件基本相同，包括大盘分析、报价分析以及个股分析等众多功能，同时也可针对沪、深各指数的走势以及个股的走势进行技术分析。以"同花顺"为例，其行情分析主界面如图3-1所示。

### 二、有关指数及大盘分析

　　大盘分析由反映股市价格变动和走势的各种指数所组成。各种指数可分为反映整个市场走势的综合性指数和反映某一行业或某一类股票价格走势的分类指数。从图3-1中可以看出，可供进行大盘分析的指数包括：综合性的上证50、上证180走势，上证走势，以及深证100走势、深证综指走势；分类性的上证A股走势、上证B股走势、深证A股走势、深证B股走势等。股价指数的计算方法，有算术平均法和加权平均法两种，我国现有各种指数的计算都是采用加权平均法。

### 三、分时走势图（即时走势图）

　　分时走势图是把股票市场的交易信息实时地用曲线在坐标图上加以显示的技

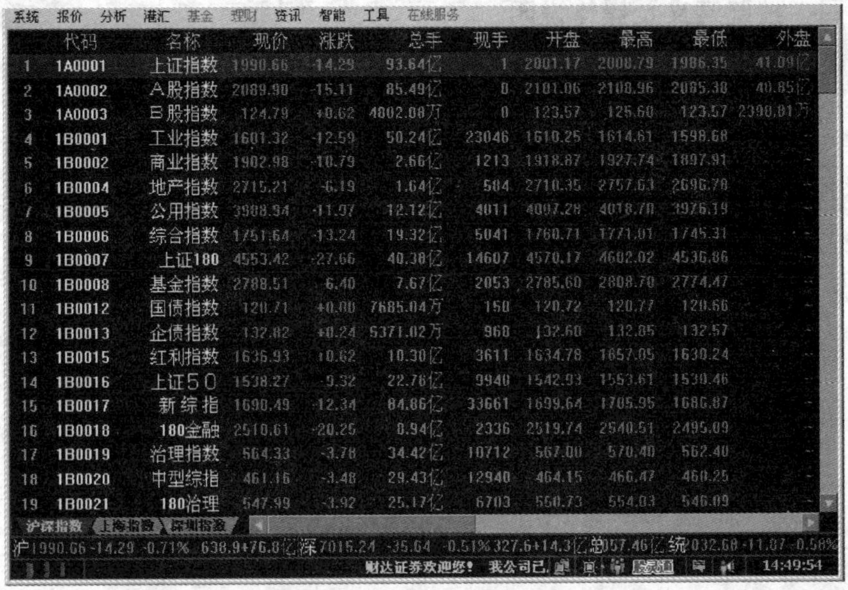

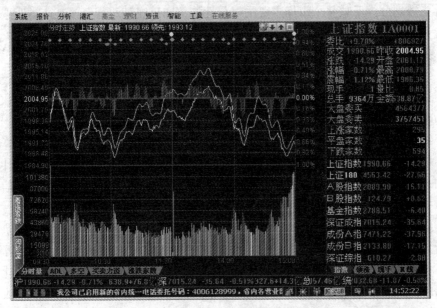

图 3-1 "同花顺"行情分析主界面图 (2009.1.23)

术图形。坐标的横轴是开市的时间，纵轴的上半部分是股价或指数，下半部分显示的是成交量。分时走势图是股市现场交易的即时资料。分时走势图分为指数分时走势图和个股分时走势图。图 3-2 为上证指数分时走势图。

图 3-2 上证指数分时走势图 (2009.1.23)

## 四、按键意义及操作说明

键盘按键意义及操作说明如表 3-1 所示。

表 3-1　键盘按键意义及操作说明

| 键 盘 按 键 | 键 的 意 义 |
| --- | --- |
| ↑ | 将菜单当前选项上移一项 |
| ↓ | 将菜单当前选项下移一项 |
| ← | 将菜单当前选项左移一项或游标线左移一格 |
| → | 将菜单当前选项右移一项或游标线右移一格 |
| Enter | 进入所选菜单 |
| Esc | 退出当前菜单 |
| PageUp | 切至大盘分析中的上一项 |
| PageDown | 切至大盘分析中的下一项 |

# 第二节　股价指数及走势分析

股价指数是运用统计学中的指数方法编制而成的，是反映股市总体价格或某类股价变动和走势的指标。根据股价指数反映的价格走势所涵盖的范围，可以将股价指数划分为反映整个市场走势的综合性指数和反映某一行业或某一类股票价格走势的分类指数。

## 一、综合指数与成分股指数

按照编制股价指数时纳入指数计算范围的股票样本数量，可以将股价指数划分为全部上市股票价格指数（即综合指数）和成分股指数。

综合指数是指将指数所反映的价格走势涉及的全部股票都纳入指数计算范围。如深交所发布的深证综合指数，就是把全部上市股票的价格变化都纳入计算范围，深交所行业分类指数中的农林牧渔指数、采掘业指数、制造业指数、信息技术指数等则分别把全部的所属行业内上市股票纳入各自的指数计算范围。

成分股指数是指从指数所涵盖的全部股票中选取一部分较有代表性的股票作为指数样本，称为指数的成分股，计算时只把所选取的成分股纳入指数计算范围。例如，深交所成分股指数，就是从深交所全部上市股票中选取 40 种，计算得出的一个综合性成分股指数。通过这个指数，可以近似地反映出全部上市股票的价格走势。

## 二、上证 50 指数走势

上证 50 指数由上交所编制，于 2004 年 1 月 2 日正式发布，指数简称为上证 50，指数代码 000016，基日为 2003 年 12 月 31 日，基点为 1000 点。

上证 50 指数是根据科学客观的方法，挑选上海证券市场规模大、流动性好的最具代表性的 50 只股票组成样本股，以综合反映上海证券市场最具市场影响力的一批优质大盘企业的整体状况。上证 50 分时走势图如图 3-3 所示。

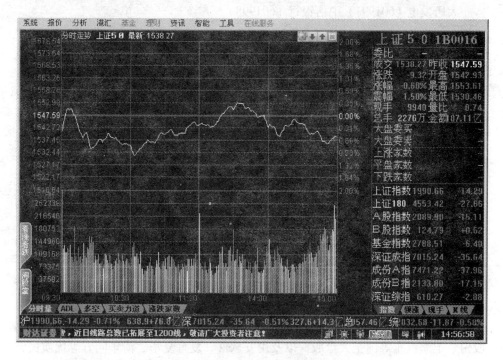

图 3-3　上证 50 分时走势图（2009.1.23）

由 2008 年 7 月 1 日起，上证 50 指数 50 只成分股包括：

浦发银行（600000）邯郸钢铁（600001）武钢股份（600005）

上海机场（600009）包钢股份（600010）华夏银行（600015）

民生银行（600016）上港集团（600018）宝钢股份（600019）

中国石化（600028）南方航空（600029）中信证券（600030）

招商银行（600036）保利地产（600048）中国联通（600050）

上海汽车（600104）雅 戈 尔（600177）振华港机（600320）

江西铜业（600362）驰宏锌锗（600497）贵州茅台（600519）

方正科技（600601）申能股份（600642）天 津 港（600717）

辽宁成大（600739）国电电力（600795）东方集团（600811）

亚泰集团（600881）伊利股份（600887）长江电力（600900）

大秦铁路（601006）中国神华（601088）中国国航（601111）

兴业银行（601166）西部矿业（601168）中国平安（601318）

交通银行（601328）广深铁路（601333）中国中铁（601390）

工商银行（601398）北辰实业（601588）中国铝业（601600）

中国太保（601601）中国人寿（601628）中国石油（601857）

中国远洋（601919）建设银行（601939）中国银行（601988）

大唐发电（601991）中信银行（601998）

## 三、上证 180 指数走势

上证 180 指数是上证指数系列之一，是在所有已上市 A 股股票中抽取最具有市场代表性的 180 只股票作为样本股编制发布的股份指数。上证 180 指数将以 2002 年 6 月 28 日上证 30 指数的收盘点数为基点，从 2002 年 7 月 1 日起正式发布。上证 180 指数的样本股将根据市场情况，由专家委员会按照样本稳定与动态跟踪相结合的原则适时调整。

上证 180 指数的编制方案是由国际著名指数公司的专家、著名指数产品投资专家、国内专家学者组成的专家委员会审核论证后确定的。与原上证 30 指数相比，上证 180 指数在扩大样本股范围和规模的同时，将指数加权方式由原来的流通股加权调整为国际通用的自由流通量加权方式，更加客观地综合反映上市公司的经济规模和流通规模，降低了国有股等非流通股上市对指数的影响。

上证 180 样本股选择的标准是行业内有代表性、有足够的规模、有较好的流动性。首次公布的 180 只样本股中，比例最高的为金属、非金属类股票，约占总样本的 10.26%，其后依次为综合类、机械设备仪表类、信息技术业类等。宝钢股份、上海汽车等国企大盘股，以及用友软件、复旦复华、清华同方等优质民营高科技上市企业榜上有名。上证成分指数依据样本稳定性和动态跟踪相结合的原则，每半年调整一次成分股，每次调整比例一般不超过 10%。特殊情况时也可能对样本进行临时调整。上证 180 分时走势图如图 3-4 所示。

## 四、上证指数走势

"上证指数"全称为"上海证券交易所综合股价指数"，是国内外普遍采用的反映上海股市总体走势的统计指标，如图 3-5 所示。该指数以 1990 年 12 月 19 日为基日，以该日所有股票的市价总值为基期，基期指数定为 100 点，1991 年 7 月 15 日起正式发布。综合指数是以全部股票报告期的股本数作为权数加权计算的。

随着上海股票市场的不断发展，于 1992 年 2 月 21 日增设上证 A 股指数与上

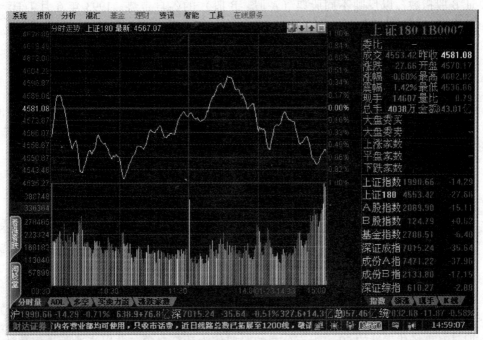

图 3-4　上证 180 分时走势图（2009.1.22）

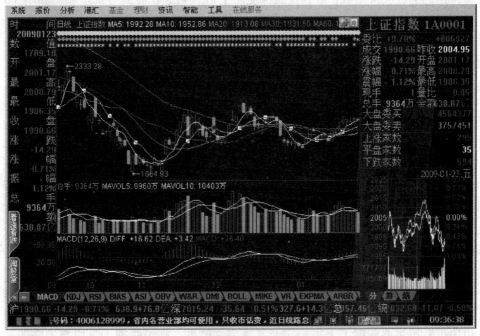

图 3-5　上证指数 K 线图（2009.1.23）

证 B 股指数，以反映不同股票（A 股、B 股）的各自走势。1993 年 6 月 1 日，又增设了上证分类指数，即工业类指数、商业类指数、地产业类指数、公用事业类指数、综合业类指数，以反映不同行业股票的各自走势。目前，上证指数已发展成为包括综合股价指数、A 股指数、B 股指数、分类指数在内的股价指数系列。

## 五、深证 100 走势

深证 100 指数成分股是由在深交所上市的 100 只 A 股组成，其指数的编制借鉴了国际惯例，吸取了深证成分指数的编制经验，成分股选取主要考察 A 股上市公司流通市值和成交金额份额两项重要指标。深证 100 指数以 2002 年 12 月 31 日为基准日，基日指数定为 1000 点，从 2003 年第一个交易日开始编制和发布。其成分股样本如图 3-6 所示，亦可登录 http：//index. cninfo. com. cn 等相关网站进行浏览。根据市场动态跟踪和成分股稳定性的原则，深证 100 指数将每半年调整一次成分股。

## 六、深证综指走势

深证成分股指数是深交所编制的一种成分股指数，是从上市的所有股票中抽取具有市场代表性的 40 家上市公司的股票作为计算对象，并以流通股为权数计算得出的加权股价指数，综合反映深交所上市 A 股、B 股的股价走势，如图 3-7 所示。

## 七、中小企业板走势

深圳证券交易所于 2004 年 6 月 23 日公布了《中小企业板块交易特别规定》、《中小企业板块上市公司特别规定》和《中小企业板块证券上市协议》。这三个文件是针对中小企业的特点而制定的，目的是改进和加强市场监管，有效防范市场风险。根据《中小企业板块交易特别规定》的规定，中小企业板块股票的开盘集合竞价方式和收盘价的确定方式均与主板有别。开盘集合竞价将以开放式集合竞价的方式进行，收盘价通过收盘前最后三分钟集合竞价的方式产生。每个交易日 9：15～9：25 为中小企业板块开盘集合竞价时间，9：30～11：30、13：00～14：57 为连续竞价时间，14：57～15：00 为收盘集合竞价时间，15：00～15：30 为大宗交易时间。开盘集合竞价期间，深交所主机即时揭示中小企业股票的开盘参考价格、匹配量和未匹配量。

《中小企业板块交易特别规定》对交易公开信息披露制度以及异常波动停牌制度作了改进，实行了比主板市场更为严格的监管制度。《中小企业板块证券上市协议》则主要载明了上市公司及其董事、监事、高级管理人员应当遵守的各种条款。

深圳100指数成分股一览表 - Microsoft Internet Explorer

文件(F) 编辑(E) 查看(V) 收藏(A) 工具(T) 帮助(H)

后退 ⊙ ⊙ 搜索 收藏夹 媒体

地址(D) http://www.7cworld.com/rjw/n/ca101170.htm 转到 链接

| 序号 | 证券代码 | 证券简称 | 序号 | 证券代码 | 证券简称 |
|---|---|---|---|---|---|
| 1 | 000001 | 深发展A | 51 | 000651 | 格力电器 |
| 2 | 000002 | 万科A | 52 | 000652 | 泰达股份 |
| 3 | 000005 | 世纪星源 | 53 | 000659 | 珠海中富 |
| 4 | 000006 | 深振业A | 54 | 000680 | 山推股份 |
| 5 | 000009 | 深宝安A | 55 | 000688 | 朝华集团 |
| 6 | 000016 | 深康佳A | 56 | 000701 | 厦门信达 |
| 7 | 000021 | 深科技A | 57 | 000707 | 双环科技 |
| 8 | 000024 | 招商局A | 58 | 000709 | 唐钢股份 |
| 9 | 000027 | 深能源A | 59 | 000713 | 丰乐种业 |
| 10 | 000031 | 深宝恒A | 60 | 000720 | 鲁能泰山 |
| 11 | 000040 | 深鸿基A | 61 | 000729 | 燕京啤酒 |
| 12 | 000058 | 深赛格 | 62 | 000733 | 振华科技 |
| 13 | 000060 | 中金岭南 | 63 | 000735 | 罗牛山 |
| 14 | 000061 | 农产品 | 64 | 000737 | 南风化工 |
| 15 | 000062 | 深圳华强 | 65 | 000748 | 湘计算机 |
| 16 | 000063 | 中兴通讯 | 66 | 000751 | 锌业股份 |
| 17 | 000066 | 长城电脑 | 67 | 000758 | 中色建设 |
| 18 | 000068 | 赛格三星 | 68 | 000767 | 漳泽电力 |
| 19 | 000069 | 华侨城A | 69 | 000778 | 新兴铸管 |
| 20 | 000078 | 海王生物 | 70 | 000783 | 石炼化 |
| 21 | 000088 | 盐田港A | 71 | 000786 | 北新建材 |
| 22 | 000089 | 深圳机场 | 72 | 000787 | 创智科技 |
| 23 | 000151 | 中成股份 | 73 | 000793 | 燃气股份 |
| 24 | 000301 | 丝绸股份 | 74 | 000800 | 一汽轿车 |
| 25 | 000400 | 许继电气 | 75 | 000817 | 辽河油田 |
| 26 | 000401 | 冀东水泥 | 76 | 000822 | 山东海化 |
| 27 | 000406 | 石油大明 | 77 | 000828 | 福地科技 |
| 28 | 000420 | 吉林化纤 | 78 | 000837 | 秦川发展 |
| 29 | 000423 | 东阿阿胶 | 79 | 000839 | 中信国安 |
| 30 | 000429 | 粤高速A | 80 | 000858 | 五粮液 |
| 31 | 000503 | 海虹控股 | 81 | 000866 | 扬子石化 |
| 32 | 000505 | 珠江控股 | 82 | 000878 | 云南铜业 |
| 33 | 000515 | 渝钛白 | 83 | 000890 | 法尔胜 |

Internet

图3-6 深证100指数成分股一览表（部分）

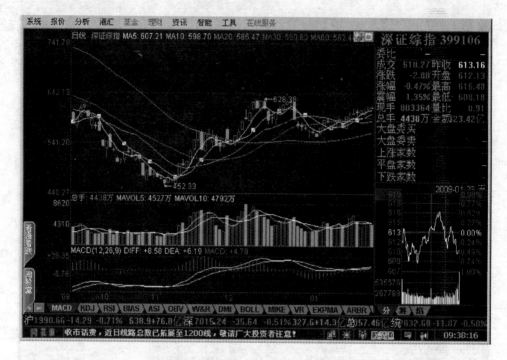

图 3-7 深圳综指 K 线图（2009.1.23）

中小企业板与主板交易规则对比如表 3-2 所示。

表 3-2 中小企业板与主板交易规则对比

| 比较内容 | 主　版 | 中小企业板 |
|---|---|---|
| 开盘价 | 封闭式集合竞价 | 开放式集合竞价 |
| 收盘价 | 当日该证券最后一笔交易前一分钟所有交易的成交加权平均价（含最后一笔交易） | 最后三分钟集合竞价。收盘集合竞价不能产生收盘价的，以最后一笔成交为当日收盘价 |
| 交易席位披露 | 日收盘价格涨跌幅偏离值达到 ±7% 的前五只股票 | 日收盘价格涨跌幅偏离值达到 ±7% 的前三只股票；日价格震幅达到 15% 的前三只股票；日换手率达到 20% 的前三只股票 |
| 异常波动 | 某只股票的价格连续三个交易日达到涨幅或跌幅限制；某只股票连续五个交易日列入"股票、基金公开信息"；某只股票价格的震幅连续三个交易日达到 15%；某只股票的日均成交金额连续五个交易日逐日增加 50% | 连续三个交易日内日收盘价格涨跌幅偏离值累计达到 ±20% 的；ST 和 *ST 股票连续三个交易日内日收盘价格涨跌幅偏离值累计达到 ±15% 的；连续三个交易日内日均换手率与前五个交易日的日均换手率的比值达到 30 倍，并且该股连续三个交易日内的累计换手率达到 20% 的 |

# 第三节 证券行情分类报价

## 一、报价内容

报价分析是行情提示的一种常用方式。内容大致如下：

证券（股票）代码：是证券（股票）交易中用来代表上市交易证券（股票）名称的数码。

证券（股票）简称：是在证券市场中用来代表证券（股票）的简明称号，一般由三或四个中文字组成。

价位：是指买卖价格的升降单位，价位的高低随股票的每股市价的不同而异。

开盘：即开盘价，每个交易日开市后，每只证券的第一笔成交价为该证券的开盘价。

收盘：通常是指某种证券在证券交易所每个交易日里的最后一笔买卖成交价格。当日无成交的，以前一交易日收盘价为该交易日的收盘价。

最高价：是指某种证券在每个交易日从开市到收市的交易过程中所产生的最高价格。如果当日该种证券成交价格没有发生变化，最高价就是即时价；若当日该种证券停牌，则最高价就是前收市价。如果证券市场实施了涨停板制度或涨幅限制制度，则最高价不得超过前市收盘价×（1＋最大允许涨幅比率）。

最低价：是指某种证券在每个交易日从开市到收市的交易过程中所产生的最低价格。如果当日该种证券成交价格没有发生变化，最低价就是即时价；若当日该种证券停牌，则最低价就是前收市价。如果证券市场实施了跌停板制度或跌幅限制制度，则最低价不得超过前市收盘价×（1＋最大允许跌幅比率）。

成交：即成交价，是指某种证券在交易日从开市到收市的交易过程中即时产生的成交价格。成交价的行情揭示不停变动。直到当日该种证券收市后，成交价格也就是收市价。成交价是按如下原则确立的：①最高的买入申报与最低的卖出申报相同；②在连续竞价状态，高于卖出价位的买入申报以卖出价位成交；③低于买入价位的卖出申报以买入价位成交。

成交量：是指股票成交的数量，其中总手为到目前为止此股票成交的总数量，现手为刚刚成交的那一笔股票数量，单位为股或手。

成交金额：是指已成交证券（股票）的价值，用货币表示成交量，单位为元或万元。

涨跌：当日股票最新价与前一日收盘价格（或前一日收盘指数）相比的百分比幅度，正值为涨，负值为跌，否则为持平。目前，我国证券市场实行涨、跌停板制度，其中涨停板是指股价在一天中相对前一日收盘价的最大涨幅，不能超过此限。我国现规定涨停升幅（ST类股票除外）为10%。跌停板是指股价在一天中相对前一日收盘价的最大跌幅，不能超过此限。我国现规定跌停降幅（ST类股票除外）为10%。

幅度：是指股票最新价相对前一交易日收盘价的升降幅度。

委买手数：是指买一、买二、买三、买四、买五所有委托买入手数相加的总和。

委卖手数：是指卖一、卖二、卖三、卖四、卖五所有委托卖出手数相加的总和。

成交笔数：成交笔数分析是依据成交次数、笔数的多少了解人气的聚集与虚散，进而研判股价因人气的强、弱势变化所产生的可能走势。

## 二、操作及应用说明

1. 键盘按键及特定意义

为了便于页面的切换，操作时可以通过特定的按键方式迅速、快捷地进行各种切换。计算机键盘按键所代表的特定意义如表3-3所示。

表3-3　计算机键盘按键所代表的特定意义

| 键 盘 按 键 | 特 定 意 义 |
| --- | --- |
| 1 + Enter | 切至上证A股报价分析 |
| 2 + Enter | 切至上证B股报价分析 |
| 3 + Enter | 切至深证A股报价分析 |
| 4 + Enter | 切至深证B股报价分析 |
| 5 + Enter | 切至上证债券报价分析 |
| 6 + Enter | 切至深证债券报价分析 |
| Esc | 退出当前菜单 |
| / | 字体放大缩小间切换 |
| — | 设置自动翻页 |
| Page Up | 翻到上一页 |
| Page Down | 翻到下一页 |
| ↑ | 光标上移一格 |
| ↓ | 光标下移一格 |
| → ← | 左右移可查看个股的财务数据 |
| Esc 或点鼠标右键 | 退到上级菜单 |

2. 操作技巧

除了快捷键的使用以外，用户还可以在图 3-8 所示的界面上，用点击鼠标的办法获得我们需要得到的分类信息。例如，当用户用鼠标点现价时，图中会按由低到高的顺序排序，再点一下，则进行由高到低的顺序排序。此外，当用鼠标点击最后一项涨跌幅时，可按多种指标，如委比、量比、震幅等进行排序。

用户也可以根据个人的需要，进行自定义设置，同时还可以对显示的字体进行修改。报价分析中通过移动左右光标可以查看个股的财务数据，如总股本、流通盘等。如果该部分数据都显示为零，则首先需要下载财务数据文件。在报价排名中双击任何一只股票，就可以进入该股票的个股走势图。

自选股报价显示的是用户自己设定的股票的报价情况。关于自选股的设定，参见设置系统参数中的自选股设置。

## 三、分类报价及页签的使用

1. 分类报价

分类报价即按不同类别分别显示上证 A 股、上证 B 股、深证 A 股、深证 B 股、上证债券、深证债券、中小盘股、开放式基金的报价情况。如图 3-8 所显示的为上证 A 股部分报价。

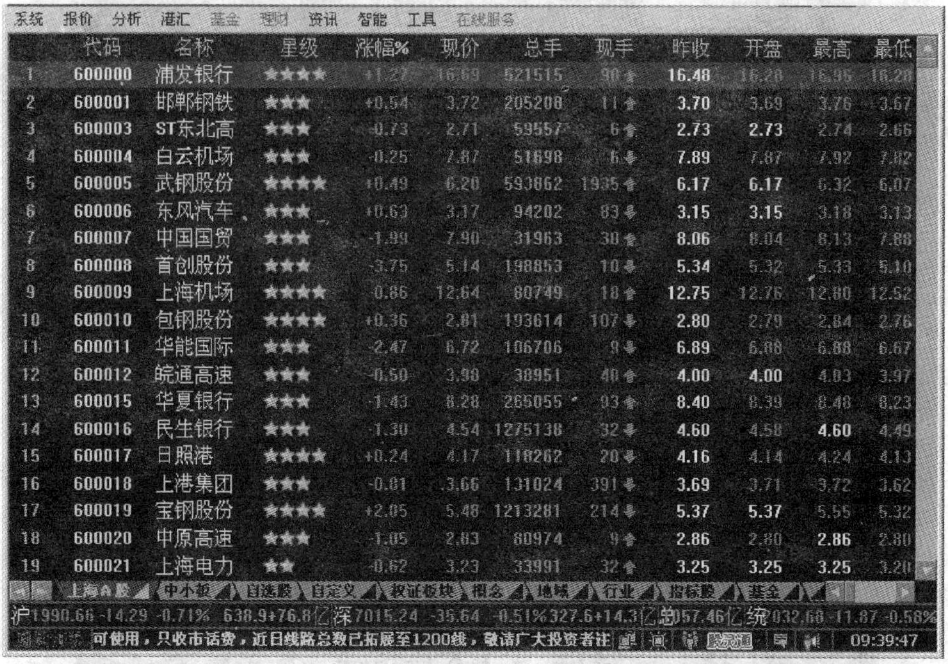
系统 报价 分析 港汇 基金 理财 资讯 智能 工具 在线服务

| | 代码 | 名称 | 星级 | 涨幅% | 现价 | 总手 | 现手 | 昨收 | 开盘 | 最高 | 最低 |
|---|---|---|---|---|---|---|---|---|---|---|---|
| 1 | 600000 | 浦发银行 | ★★★★ | +1.27 | 16.69 | 521515 | 90↑ | 16.48 | 16.28 | 16.95 | 16.28 |
| 2 | 600001 | 邯郸钢铁 | ★★★ | +0.54 | 3.72 | 205208 | 11↑ | 3.70 | 3.69 | 3.76 | 3.67 |
| 3 | 600003 | ST东北高 | ★★★ | -0.73 | 2.71 | 59557 | 6↑ | 2.73 | 2.73 | 2.74 | 2.66 |
| 4 | 600004 | 白云机场 | ★★★ | -0.25 | 7.87 | 51698 | 6↓ | 7.89 | 7.87 | 7.92 | 7.82 |
| 5 | 600005 | 武钢股份 | ★★★★ | +0.49 | 6.20 | 593862 | 1935↑ | 6.17 | 6.17 | 6.32 | 6.07 |
| 6 | 600006 | 东风汽车 | ★★★ | +0.63 | 3.17 | 94202 | 83↓ | 3.15 | 3.15 | 3.18 | 3.13 |
| 7 | 600007 | 中国国贸 | ★★★ | -1.99 | 7.90 | 31963 | 30↑ | 8.06 | 8.04 | 8.13 | 7.88 |
| 8 | 600008 | 首创股份 | ★★★ | -3.75 | 5.14 | 198853 | 10↓ | 5.34 | 5.32 | 5.33 | 5.10 |
| 9 | 600009 | 上海机场 | ★★★★ | -0.86 | 12.64 | 80749 | 18↑ | 12.75 | 12.76 | 12.80 | 12.52 |
| 10 | 600010 | 包钢股份 | ★★★★ | +0.36 | 2.81 | 193614 | 107↓ | 2.80 | 2.79 | 2.84 | 2.76 |
| 11 | 600011 | 华能国际 | ★★★ | -2.47 | 6.72 | 106706 | 9↓ | 6.89 | 6.88 | 6.88 | 6.67 |
| 12 | 600012 | 皖通高速 | ★★★ | -0.50 | 3.98 | 38951 | 40↑ | 4.00 | 4.00 | 4.03 | 3.97 |
| 13 | 600015 | 华夏银行 | ★★★ | -1.43 | 8.28 | 265055 | 93↑ | 8.40 | 8.39 | 8.48 | 8.23 |
| 14 | 600016 | 民生银行 | ★★★ | -1.30 | 4.54 | 1275138 | 32↓ | 4.60 | 4.58 | 4.60 | 4.49 |
| 15 | 600017 | 日照港 | ★★★★ | +0.24 | 4.17 | 118262 | 20↓ | 4.16 | 4.14 | 4.24 | 4.13 |
| 16 | 600018 | 上港集团 | ★★★ | -0.81 | 3.66 | 131024 | 391↓ | 3.69 | 3.71 | 3.72 | 3.62 |
| 17 | 600019 | 宝钢股份 | ★★★★ | +2.05 | 5.48 | 1213281 | 214↓ | 5.37 | 5.37 | 5.55 | 5.32 |
| 18 | 600020 | 中原高速 | ★★★ | -1.05 | 2.83 | 80974 | 9↑ | 2.86 | 2.80 | 2.86 | 2.80 |
| 19 | 600021 | 上海电力 | ★★ | -0.62 | 3.23 | 33991 | 32↑ | 3.25 | 3.25 | 3.25 | 3.20 |

上海A股 中小板 自选股 自定义 权证板块 概念 地域 行业 指标股 基金

沪1990.66 -14.29 -0.71% 638.9+76.8亿 深7015.24 -35.64 -0.51% 327.6+14.3亿 总057.46亿 统032.68 -11.87 -0.58%

可使用，只收市话费，近日线路总数已拓展至1200线，敬请广大投资者注 09:39:47

图 3-8 上证 A 股部分报价（2009. 1. 23）

2. 页签说明

为了最大程度地使用户在使用我们的产品时得到最大的方便，报价分析中加入了页签。页签是以各种不同的分类标准列出的多个模块。如图 3-8 中所显示的页签依次为：上证 A 股、中小板、自选股、自定义、权证板块、概念、地域、行业、指标股、基金等。各页签所包含的内容如图 3-9、图 3-10 所示。

图 3-9　"上证 A 股"页签中的内容

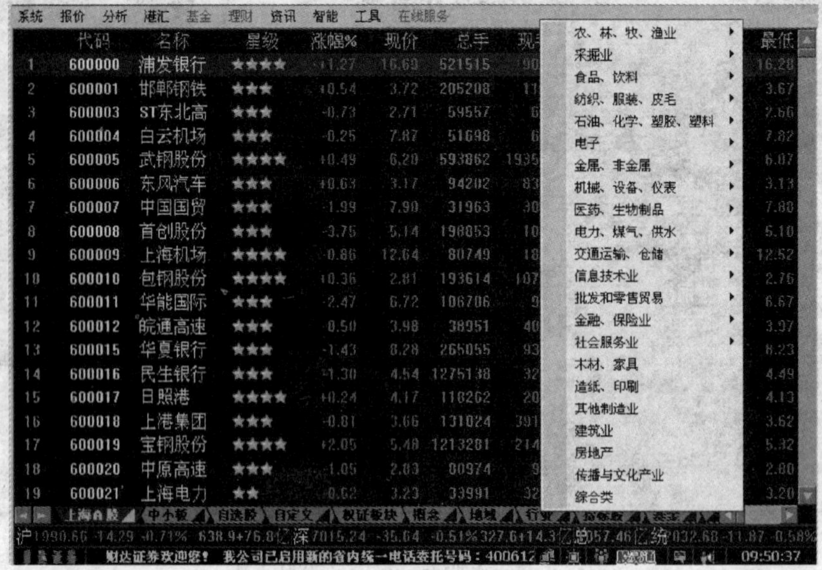

图 3-10　"行业"页签中的内容

# 第四节 个 股 分 析

## 一、个股分析的基本操作

（1）在"个股分析"菜单中选择"分时走势图"。

（2）在"报价分析"中双击选定股票。

（3）在右下方空白处输入股票代码或股票名称的拼音简称或股票名称的中文汉字，按"回车"键。

以"深发展 A（000001）"为例，个股走势图中所包括的信息如图 3-11 所示。

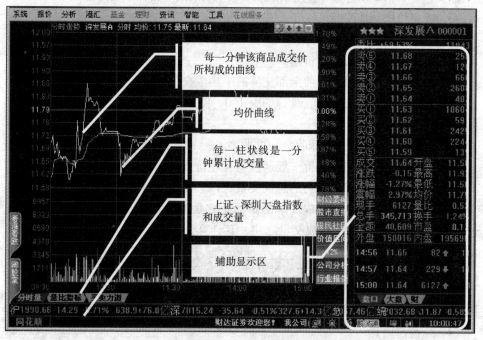

图 3-11　深发展 A 分时走势图（2009.1.23）

## 二、辅助显示区的功能说明

### 1. 辅助显示区

图 3-11 的右侧为辅助显示区。

在这个区域上方，显示商品名称及代码；区域下方以红色、绿色、白色三种颜色的矩形条来分别显示指数增长与下跌趋势的对比状况。其中，红色表示领先指数当前的相对增长趋势，绿色代表领先指数当前相对下跌趋势，白色代表领先指数当前没有相对增长或下跌的趋势。

## 2. 委比

委比是用以衡量一段时间内买卖盘相对强度的指标。其计算公式为：

$$委比 = \frac{委买手数 - 委卖手数}{委买手数 + 委卖手数} \times 100\%$$

其中，委买手数是指现在所有个股委托买入下三档的总数量，委卖手数是指现在所有个股委托卖出上三档的总数量。

委比值变化范围为 +100% ~ -100%。当委比值为正值并且委比数大，说明市场买盘强劲；当委比值为负值并且负值大，说明市场抛盘较强。委比从 -100% ~ +100%，说明买盘逐渐增强，卖盘逐渐减弱的一个过程。相反，从 +100% ~ -100%，说明买盘逐渐减弱，卖盘逐渐增强的一个过程。

## 3. 成交价格与成交量

在成交价与成交量的分析中，以下概念是进行分析的基本要素。

（1）成交：当前的成交价格。

（2）均价：从开始到当前全部交易的平均成交价。

（3）涨跌：当前价 - 昨收盘，如大于 0，则以红色表示；如小于 0，则以绿色表示。

（4）幅度：（当前价 - 昨收盘）/昨收盘。

（5）开盘：当天的开盘价一般通过集合竞价产生。

（6）总手：从开市到当前的总成交量，以"手"为单位，一手等于 100 股。

（7）量比：是衡量相对成交量的指标。它是开市后每分钟的平均成交量与过去 5 个交易日每分钟平均成交量之比。其计算公式为：

$$量比 = \frac{现成交总手}{过去 5 个交易日平均每分钟成交量 \times 当日累计开市时间（分）}$$

当量比大于 1 时，说明当日每分钟的平均成交量大于过去 5 日的平均数值，交易比过去 5 日火爆；当量比小于 1 时，说明现在的成交比不上过去 5 日的平均水平。

## 4. 外盘与内盘

委托以卖方成交的纳入"外盘"，委托以买方成交的纳入"内盘"。"外盘"和"内盘"相加为成交量。

分析时，由于卖方成交的委托纳入外盘，如外盘很大意味着多数卖出价位都有人来接，显示买势强劲；由于以买方成交的纳入内盘，如内盘过大，则意味着大多数的买入价都有人愿卖，显示卖方力量较大；如内盘和外盘大体相近，则买卖力量相当。例如，"用友软件"股票行情揭示如下：

| 委买价/元 | 委托数量/手 | 委卖价/元 | 委托数量/手 |
| --- | --- | --- | --- |
| 25.07 | 727 | 25.17 | 562 |

由于买入委托价和卖出委托价此时无法撮合成交，"用友软件"此刻在等待

成交，买与卖处于僵持状态。这时，如果场内买盘较积极，突然报出一个买入价25.17元的单子，则股票会在25.17元的价位成交，这笔成交被划入"外盘"。或者，这时如果场内抛盘较重，股价下跌至25.10元，突然报出一个卖出价25.07元的单子，则股票会在25.07元的价位成交，这笔以买成交的单子被划入"内盘"。

5. 键盘按键及特定意义

为了便于页面的切换，操作时可以通过特定的按键方式，迅速、快捷地进行各种切换。计算机键盘按键所代表的特定意义如表3-4所示。

表3-4 计算机键盘按键所代表的特定意义

| 键盘按键 | 键的意义 | 键盘按键 | 键的意义 |
|---|---|---|---|
| F1 或 01 | 切到明细表 | Page Up | 切至上一个股票 |
| F2 或 02 | 切到分价表 | Page Down | 切至下一个股票 |
| F3 或 03 | 切至上证领先指标画面 | Page Up | 上一页 |
| F4 或 04 | 切至深证领先指标画面 | Page Down | 下一页 |
| F5 或 05 | 切至个股技术分析 | Home | 第一页 |
| F10 或 10 | 切到个股基本面资料 | End | 最后一页 |

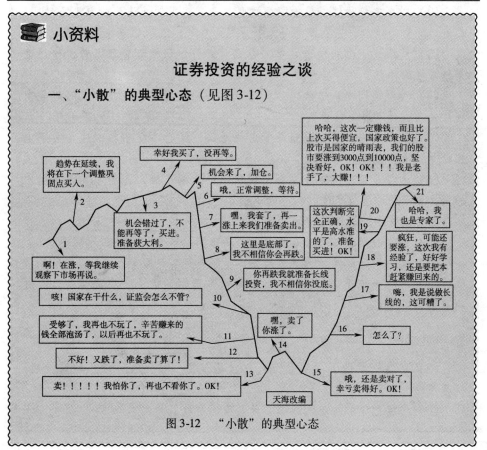

图3-12 "小散"的典型心态

**二、如何避免"一买就跌"**

(1) 避免购入前期涨幅过大的品种。要打开 K 线观察股票的走势从什么价格起步，经历多长时间了。做股票需要一种大局观，不要把眼光局限于某一区间。

(2) 不要追涨短期涨幅过快的股票。股票价格脱离 5 日均线，高高在上，在均线和价格之间形成很大的空间，短线不要买，一买就将面临短线回调。

(3) 股票开始走下降通道，在达到一定跌幅之后，在某一价格区间开始盘整。很多股票在上涨之前，主力往往会来一次能量宣泄，短时间内急速暴跌，杀出最后一次浮动筹码。所以，这样的股票也不要碰。

**三、如何避免"一卖就涨"**

(1) 股票长期连续下跌，成交量开始出现持续放大的迹象，不要轻易抛出，反弹行情酝酿之中，随时都可能爆发。

(2) 股票走势稳健，量价配合适度，不要想当然地认为股票涨不动了，此时应该耐心持股，让利润充分增长。

(3) 股票处于上涨通道之中，在相对高位出现横盘整理态势，这往往是技术性的休整，之后会形成上涨。

(4) 股票短期内跌幅凶悍，此时虽然形态很恶劣，但技术上随时会出现反弹。这时不要低位杀跌。

(5) 股票长期下跌，近期再度出现暴跌，此时不必害怕，这是股票上涨前兆，不要抛出。

(6) 大盘暴跌，所有股票都出现非理性大幅下跌，此时不要急于抛出股票，更不能非理性恐慌，抛出所有股票。

**四、操作中的忌讳与技巧**

(1) 操作股票切忌不分春夏秋冬，阴晴圆缺，天天进场。远离更爱。

(2) 挑选自己熟悉的股票进行操作，不要见一个爱一个。

(3) 股票无绩优绩差股之分，只有强势弱势股之分。决定要理性，进出股票切忌冲动。

(4) 要保持独立思考，不可盲从，真理不一定站在多数人一边。大家都知道的利空，就不再是利空。

(5) 买卖股票的五项要诀是：忍、等、稳、准、狠。切忌频繁换股，犹豫不定时勿采取行动。

(6) 不要把精挑细选的股票在开始上涨时就轻易卖出。

（7）见好就收。股市就像流水席一样，任你吃喝，来者不拒。但天下没有不散的宴席，刹那间大门关上，被逮住的人就要把前面吃喝的人所欠的账全部还清。

（8）暴跌是大赚的开始，大涨是大赔的开始。

（9）不要相信多头市场末期的好消息，不要相信空头市场末期的坏消息。

（10）天价不买，地价不卖。不要企图满利，抓到最高价和最低价，吃中间一段已经很好了。

### 五、股票买入的有效原则

（1）趋势原则。买入股票之前，首先应对大盘有个明确的判断。

（2）分批原则。在没有十足把握的情况下，投资者可分批买入和分散买入。

（3）底部原则。中长线买入股票的最佳时机应在底部区域或股价刚突破底部上涨的初期。

（4）风险原则。充分考虑要买入的股票是上升空间大还是下跌空间大、上档的阻力位与下档的支撑位在哪里，买进的理由是什么？买入后假如不涨反跌怎么办？

（5）强势原则。"强者恒强，弱者恒弱"，这是股票投资市场的一条重要规律。

（6）题材原则。要想在股市中特别是较短时间内获得更多的收益，关注市场题材的炒作和题材的转换是非常重要的。

（7）止损是短线操作的法宝。在买入股票时就应设立好止损位并坚决执行。短线止损位在5%左右，中长线投资的止损位可设在10%左右。

### 六、如何捕捉强势股

在9:30开市前提前观察大盘。通过集合竞价开盘时，提前几分钟时间浏览大盘和个股。具体方法如下：

（1）在开盘前，将通过各种渠道得来的可能涨的个股输入电脑的自选股里，进行严密监视。

（2）在开盘价出来后，判断大盘当日的走势，如果没问题，可选个股了。

（3）打开61和63，81或83快速浏览个股，从中选出首笔量大、量比大（越大越好）的个股，并记下代码。

（4）快速看这些个股的日（周）K线等技术指标，作出评价，再复选技术上支持上涨的个股。

（5）开盘成交时，紧盯以上有潜力的个股，如果成交量连续放大，量比也大，观察卖一、卖二、卖三挂出的单子都是三四位数的大单。

（6）如果该股连续大单上攻，应立即打入比卖三上的价格更高的价买进（有优先买入权，且通常比你出的价低些而成交）。

（7）通常，股价开盘上冲 10 多分钟后都有回档的时候，此时看准个股买入，能弥补刚开盘时踏空的损失。

如果经验不足，那么在开盘 30 分钟后，综合各种因素，买入具备以上条件的个股更安全。

# 第四章 系统软件功能介绍

📚 **本章指引:**

在按照第三章的内容进行实际训练的基础上,我们已经开始了网上证券分析,但仅限于此是远远不够的。根据自己的需要,设置相应的参数,设计自己喜欢的风格,熟练运用各种工具,一定是你此时的愿望。通过这一章的操作训练,你的这种愿望一定会实现。

## 第一节 系统参数设置

网上证券投资系统软件,为用户提供了方便快捷、得心应手的多种使用功能。要实现对这些功能的充分启用,需要对系统有足够的了解。下面以渤海证券网上交易系统软件为例进行说明。

### 一、系统参数设置

点击进入程序下拉菜单"系统"一项,如图 4-1 所示。选择"设置系统参数"选项,即可进入"设置系统参数"对话框。

1. 增加自选股

用户可以在右下角空格处输入股票代码或股票名称的拼音简称或股票名称的中文,进入到某一只股票的走势图中,包括当日走势图或日 K 线图,点击鼠标右键,即可出现对话框,提示"加入到自选股中(2)",如图 4-2 所示。

除此之外,也可如图 4-1 所示,通过进入"设置系统参数"对话框,选择"自选股设置"页签,如图 4-3 所示。

如果在"键入股票代码或简称"栏输入股票代码或股票名称的拼音简称或股票名称的中文,则在下面的列表框出现当前选中的股票,在股票代码栏直接按回车或点击"添加"按钮即可将股票加入到自选股列表中;也可以直接双击选中的股票,则相应的股票增加到右边的列表栏中,即该股票已经添加到自选股中。

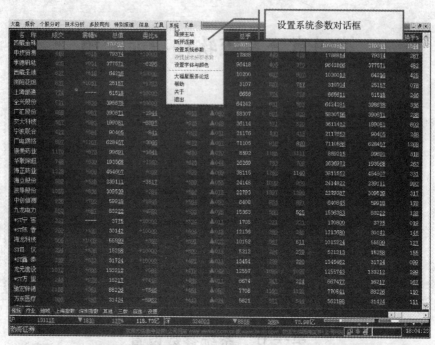

图 4-1　设置系统参数

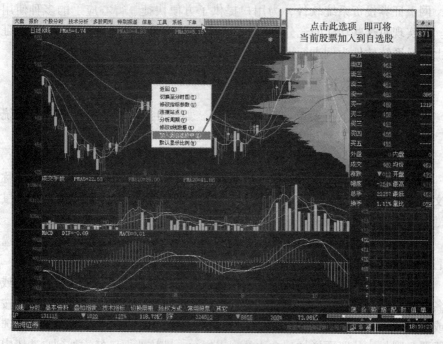

图 4-2　加入到自选股示意图

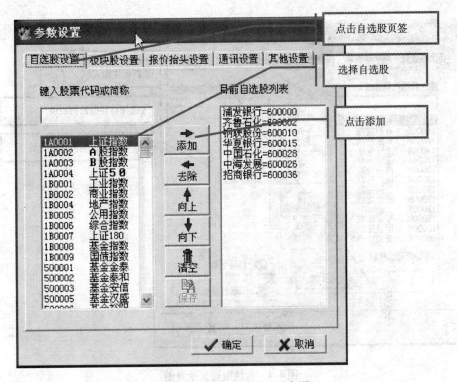

图4-3 自选股设置页签示意图

2. 删除自选股

选中自选股列表中的某一只股票，点击"去除"，则将该股票从自选股列表中删除；也可以直接双击自选股列表中的股票，达到删除的目的。

3. 清空自选股

点击"清空"按钮，则将目前选定的自选股全部删除。该功能请慎重使用。

4. 保存设置

增加、删除或清空自选股后，请别忘记点击"保存"按钮，将当前的配置保存下来；否则下次登录后，需要重新设置。

## 二、板块股设置

用户可以增加、删除板块，并可以对各个板块中的股票进行设定，如图4-4所示。

1. 增加板块

用户可以根据自己的需要，在图4-4中②处输入新增加的板块，点击右边的"添加"按钮，即可增加一个板块。增加板块后，就可以对该板块进行编辑即股票的添加及调整。

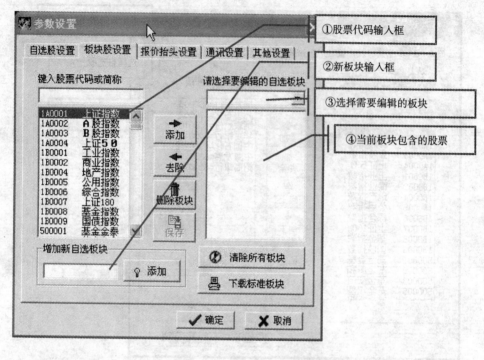

图4-4　板块股设置示意图

2. 编辑板块

在图4-4中③处选择需要编辑的板块，例如选择的30板块，则在④处显示30板块包含的股票。用户可以选中某只股票，点击"去除"，则该股票即从30板块中删除。用户也可以在左边的②处输入某只股票，点击"添加"，将该股票增加到当前的板块中。

3. 删除板块

选中需要删除的板块，点击"删除"，出现提示"是否删除板块××××"，点击"确定"。

4. 清除所有板块

将所有的板块信息全部删除。

## 三、报价抬头设置

用户可以根据分析的需要，通过自定义需要显示的抬头及抬头显示的顺序，方便快捷地得到个人所需制定的相关报价。其操作方法是在报价分析状态下，用鼠标右键点击报价抬头位置，则会出现如图4-5所显示的界面。其设置方法同板块股。

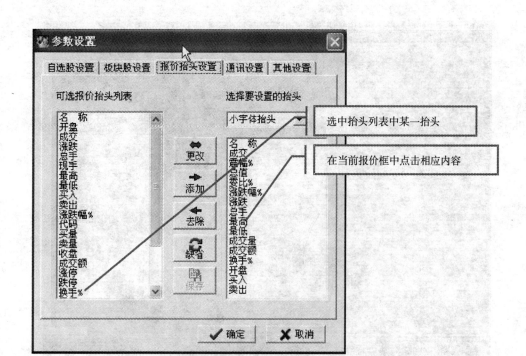

图4-5 报价抬头设置示意图

1. 增加抬头

使用时选中左边的"可选报价抬头列表"中某一抬头。例如希望将"换手%"增加到抬头"最高"之前，则在右边的当前报价框中点击"最高"，再点击"添加"。经过上面的操作，新的报价分析如图4-6所示。

2. 删除抬头

选中右边列表中的某一抬头，点击"去除"按钮。

3. 回复缺省配置

点击"缺省"按钮，则报价抬头回复到系统缺省配置。

4. 保存配置

在对系统配置作了修改后，别忘记点击"保存"，否则下次重新连接后，所作的修改都会丢失。

## 四、通讯设置

可以增加、删除站点及修改站点的 IP 地址等，如图4-7 所示。一般客户下载后，该选项不需要修改。

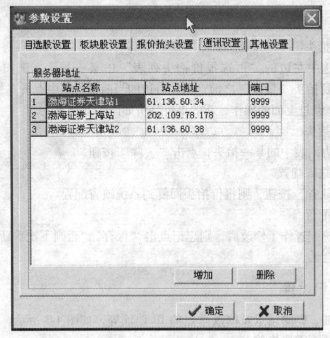

图 4-6　报价分析图

图 4-7　通讯设置示意图

### 五、其他设置

其他设置主要包括 K 线设置、报价设置和一些系统设置。参数设置对话框如图 4-8 所示。

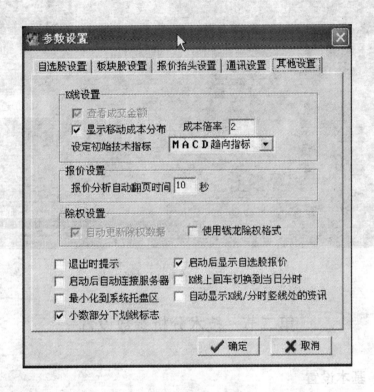

图 4-8 其他设置示意图

通过该对话框，可以根据需要进行多样化的设计。例如，选择在 K 线图中显示成交金额以及成本分布，设定进入系统时初始的技术指标的种类，设置报价分析自动翻页的时间等。在这个模块中，用户可以选择是否在程序启动的时候连接上次所访问的站点，将程序最小化时是否最小化到系统的托盘区中，在 K 线上显示当日分时的方式和资讯的显示方式。小方框中的"√"表示选中了后面相应的方式。

程序默认的设置为 MACD 趋向指标，大多数人习惯于这样的设置，如图 4-9 所示。用户也可设置个性化的初始技术指标种类，如 CR、KDJ 等。

图 4-9　程序默认的 MACD 趋向指标

## 第二节　技术分析参数设置

### 一、基本设置

　　用户可以根据自己的看盘习惯设定 K 线、技术指标的参数。在 K 线图中双击各参数位置，或点击"工具"进入"设置技术分析参数"，出现"设定技术分析参数"对话框，如图 4-10、图 4-11 所示。

　　用户可根据自己的需要调整周期及设定参数值。参数周期可选择日线、5 分钟、15 分钟等。参数值也可自行选择。系统提供 5 条分析周期线可供选择，常用的有 5 天、10 天、20 天等多种均线设置方法。

　　如果需要将日 K 线中的 60 日均线改为 120 日，在"选定参数周期类别"中选择"日线"，在"设定参数值"中选择"K 线"，并选择"K 线平均天数 5"（缺省对应 60 日均线），并在下面的框中输入相应数字进行修改即可，如图 4-12 所示。如果选择了"预览"选项，则 K 线图会同时显示出所修改的那条均线的变化。

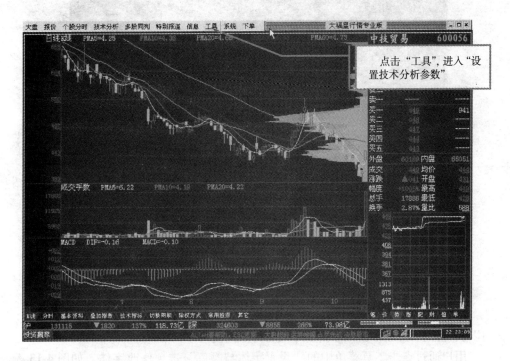

图 4-10　设置技术分析参数示意图

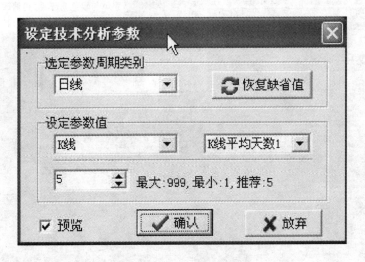

图 4-11　设定技术分析参数

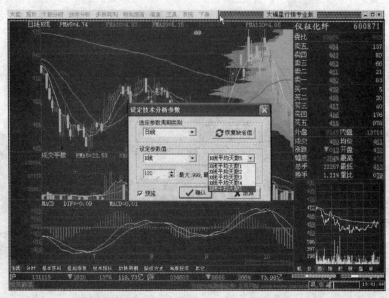

图 4-12 技术分析参数设计示意图

## 二、字体与颜色设置

在本套系统中，用户可以根据自己的喜好来设定程序中的各种字体。下面我们以设置分析系统菜单中的字体为例说明如何使用该功能。

用户通过点击工具菜单中的"设置字体与颜色"选项修改字体，如图 4-13、

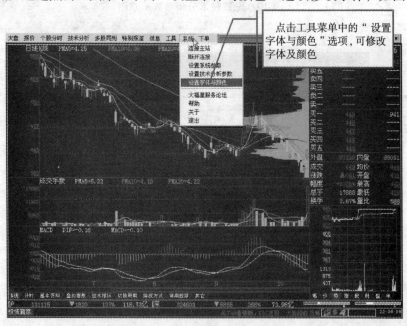

图 4-13 字体与颜色设置示意图

图 4-14 所示。

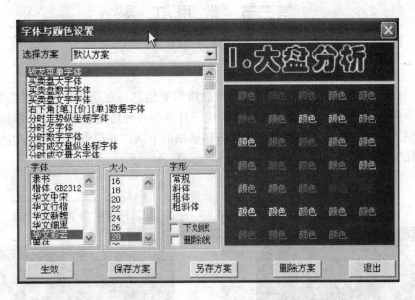

图 4-14　字体与颜色设置对话框

将菜单字体设置为"华文彩云"，并将文字大小改为 28 号字，然后点击"另存方案"，并为方案取一名称，则按照以上操作修改后的主菜单界面如图 4-15 所示。如果用户对修改的方案不满意，还可以删除此方案。

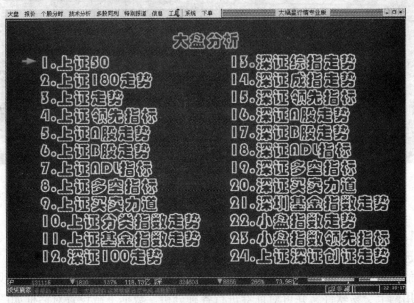

图 4-15　经过修改的主界面

# 第三节 常用工具

## 一、数据下载

用户可以通过下载股票的行情、个股资料等信息，在断线后进行股票分析。行情分析系统支持日线、5 分钟线、周线、月线等各种历史数据和分时数据、分笔数据、基本资料和公告信息等有关行情数据的下载，并提供断线续载功能，如图 4-16 所示。

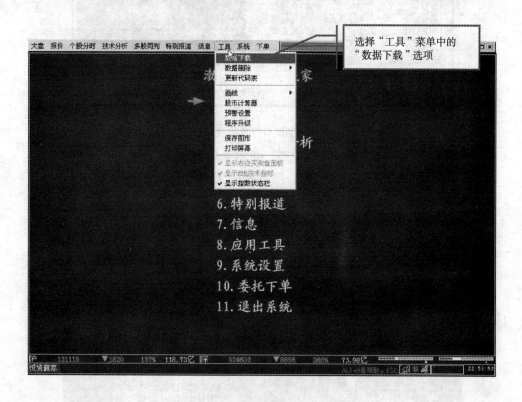

图 4-16　选择数据下载示意图

### 1. 操作指引

选择"工具"菜单中的"数据下载"选项，则可进入数据下载对话框。通过此功能，可将用户选择的各种数据下载到计算机中，这样可以在互联网断线状态下使用网上交易软件，并可对证券进行各种分析。数据下载设置对话框如图 4-17 所示。

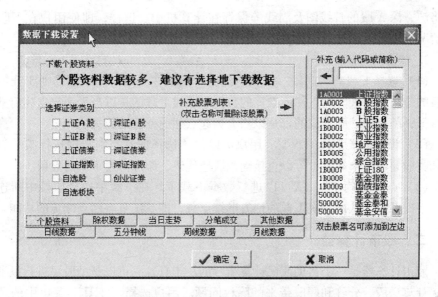

图 4-17　数据下载设置对话框

在图 4-17 对话框中设有多个页签，包括个股资料、除权数据、当日走势、分笔成交、其他数据、日线数据、5 分钟线、周线数据、月线数据等。例如：用户可以选择日线数据中的上证 A 股及深证 A 股两项下载，直接点击"上证 A 股"及"深证 A 股"前面的"□"，使其中含"√"，然后点击"确定"键，如图 4-18 所示。同时，还可选择让计算机"同时生成周线"等选项。用户根据自己分析的需要，选择不同的"下载日线时间区段"，如图中所示的半年数据。即

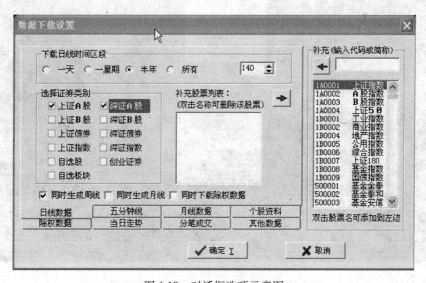

图 4-18　对话框选项示意图

可将沪、深 A 股的日线图及周线等保存在计算机中。这样，即使用户在不联网的情况下也可以随时调用所需要的数据。

2. 有关说明

（1）选择下载的时间段。数据下载时，如果在开市时间下载，则 5 分钟线下载的是从前一天为起点往前推算的数据；日线下载的是以当天为起点往前推算的数据；闭市后，则下载的都是以当天为起点往前推算的数据。

（2）设置需要下载的股票。用户可以在"选择证券类别"中选择某一类或某几类股票进行下载，也可以直接输入股票代码，添加需要下载的股票。

（3）点击"确定"，就可以进行数据下载了。在下载中途，如果中断连接后，下次系统会从前一次下载的地方继续下载，即系统具有断点续传的功能。

## 二、股市计算器

股市计算器是一个帮助股民计算盈亏的小工具。它可以帮助股民进行投资分析，计算送股、分红和配股带来的除权问题。用户选择"工具"菜单中的"股市计算器"选项，即可弹出此对话框，如图 4-19 所示。

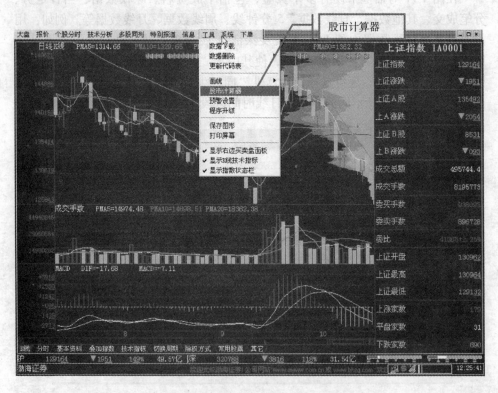

图 4-19　显示"股市计算器"选项示意图

出现股市计算器后，选择"投资分析"页签。例如，我们想计算"浦发银行"（600000）的投资情况，在"输入数据"选项的"股票代码"窗口输入"600000"后，背景屏幕上会自动出现浦发银行的走势图。用户输入"持股数量"、"买入价位"、"卖出价位"三个选项后，系统会自动输出结果，如图4-20所示。输出结果为：

保本价位：8. 69 元

手续费用：1012 元

投入资金：87012 元

回收资金：98000 元

盈亏金额：10988 元

盈亏比率：12. 63％

图4-20 股市计算器

其中需要说明的是：用户需先行在参数设置中设置好印花税、佣金和最低费用。例如，设置参数为：印花税率1‰，佣金比率为3‰，最低费用为5元，不足5元收5元，然后点击"保存当前设置"，即可得出前述计算结果，如图4-21所示。

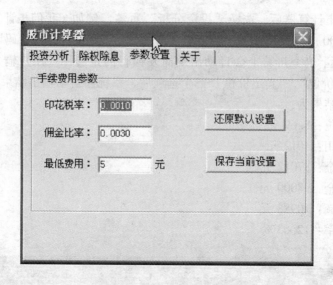

图 4-21 参数设置

此外,"股市计算器"还可以通过输入送配的信息计算出该股在送配后的实际价格,以利于用户与购入价格对比,计算盈亏情况。以浦发银行为例,当前价位为 7.14 元,上市公司公布的送配信息为:10 股送 5 股,并且 10 股派 2 元。因此,在"股市计算器"对话框中输入:当前价位为"7.14"元,每股送股"0.5"股,每股分红"0.2"元,其他为 0。点击"计算"按钮后,计算机会自动输出结果,即除权息价为 4.63 元,如图 4-22 所示。

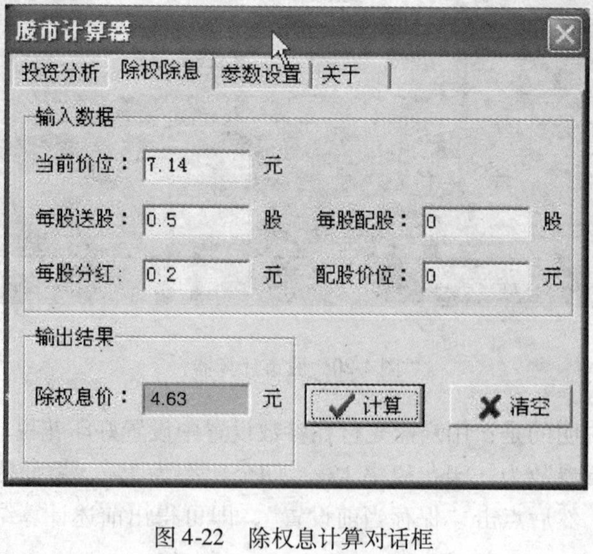

图 4-22 除权息计算对话框

### 三、预警设置

预警设置是针对某一只股票的变化超过或达到某个由用户设定的值时，系统将会以某种方式给用户作出提示。

进入预警系统只需通过点击"工具"菜单中的"预警设置"选项，如图4-23所示。程序会自动出现"智能预警"对话框。例如：用户设置希望计算机在"浦发银行"（600000）的价格高于7元的时候卖出该股票，即可点击"预警设置"对话框，在"新增股票"栏中输入代码"600000"，如图4-24所示。

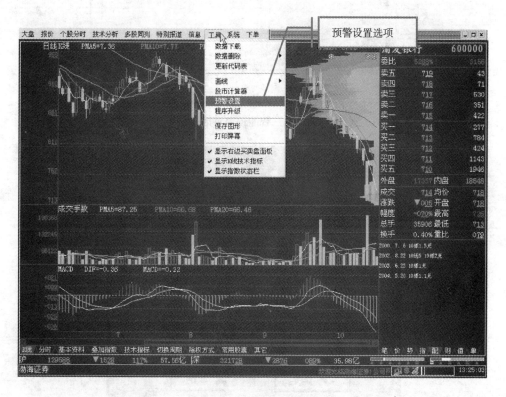

图4-23　预警设置示意图

然后点击"新增条件"按钮，设置预警条件为当其最新价格高于7元时，系统自动发出警告。即选定预警指标为"最新价格"（元），预警符号为"＞"，预警数值为"7"元。并且同时"发出声音"和"弹出预警框"，如图4-25所示。然后点击"确定"，计算机即开始对当天的"浦发银行"走势进行监控。如发生价格高于7元的情况，会立即自动报警。而且，即使用户当前打开窗口并非网上交易软件系统时，计算机也会向用户报警，如图4-26所示。

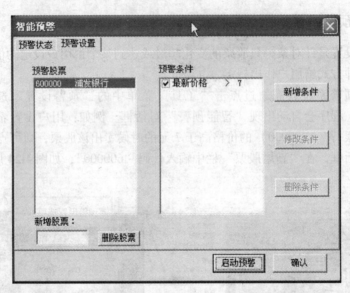

图 4-24　智能预警对话框

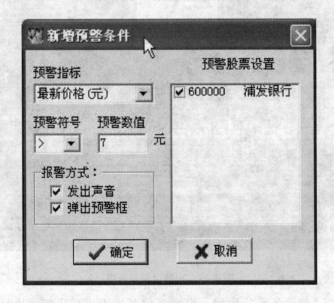

图 4-25　预警条件设置对话框

用户可以按照不同的预警指标、预警符号、预警数值来设置不同的预警条件。还可选择发出声音和弹出预警框这两种预警方式。两者也可以同时被选中。用户可以在"预警状态"页面中看到股票与预警条件的匹配情况,如图 4-27 所示。

在确定设置好了自己的预警条件后,用户需点击"启动预警"按钮来让设置生效。点击"确认"后程序将退出预警系统。

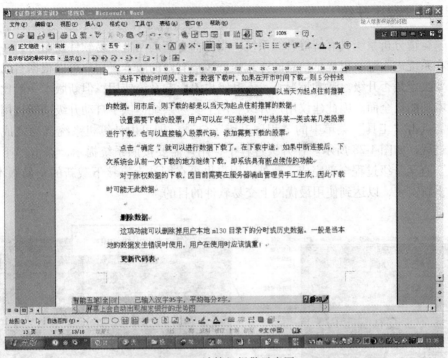

图 4-26 计算机报警示意图

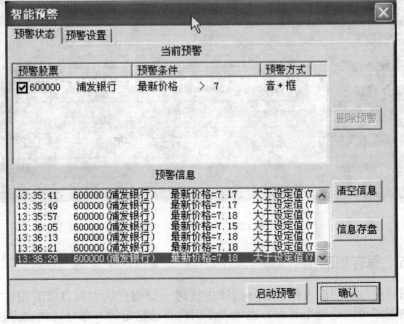

图 4-27 预警状态显示图

### 四、程序升级

行情分析系统具有智能升级系统。当券商有新的网上交易软件发布时，一般会在系统进入时，以提示信息的方式提醒用户有新的版本。用户可以根据自己的需要决定是否升级。通常情况下，不升级也不影响系统使用，但新版本一般比旧版本功能更全面。因此建议用户升级。网上交易系统提供了自动升级功能，用户只需点击"工具"菜单中的"程序升级"选项，即可由计算机系统自动完成升级过程，如图 4-28 所示。在升级过程中，用户需要按照系统提示，点击"下一步"直至升级过程全部完成。此外，用户也可在网站上直接下载新的交易版本，并重新安装，以达到使用最优网上交易软件的目的。

图 4-28  程序升级示意图

### 五、保存图形

用户通过该功能可以保存好程序中任何一份用户认为对自己有用的图形。保存的图形可以是整个界面，也可以是用户自己选定的一部分。调出方法为点击"工具"菜单中的"保存图形"选项，如图 4-29 所示。此时即可出现"图

形复制 打印 保存"对话框，如图 4-30 所示。用户根据需要选择需保存图形的
方式。

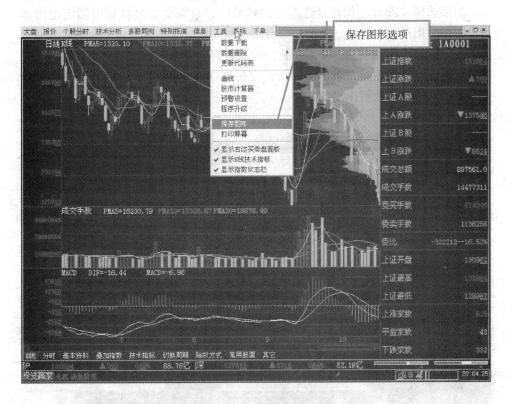

图 4-29 保存图形示意图

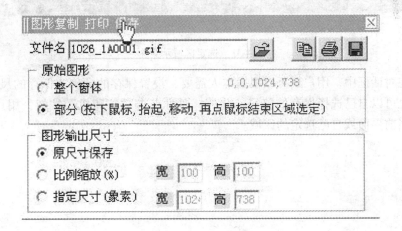

图 4-30 图形保存对话框

如果选择整个窗体，则计算机会将整个网上交易系统当前界面保存到指定的文件夹中。

如果选择"部分"保存自己选定的区域时，只需要通过鼠标来圈定范围即可。使用时用户先在自己定义的起点点击鼠标左键，表示接受该点，然后移动鼠标，此时随着鼠标的移动，被用户选中的区域将会以白色加以区分。当用户选好区域后再点击鼠标左键，表示接受所选定的区域，如图 4-31 所示。用户还可对保存的图形的一些数据作出调整。

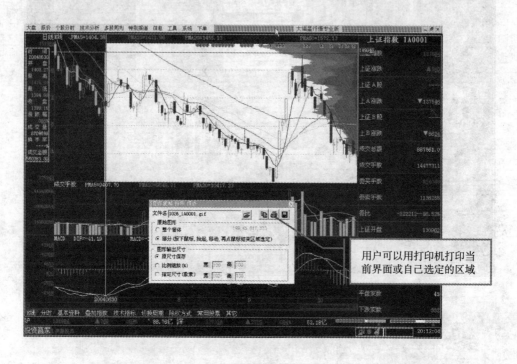

用户可以用打印机打印当前界面或自己选定的区域

图 4-31　选定区域示意图

在对话框中，用户还可以根据本人需要，设置保存的比例或保存的尺寸等。用户也可以自己选择保存的路径。此外，通过点击"打印机"按钮，用户可以打印当前界面或自己选定的区域。

# 第五章 技术分析方法与应用

## 第一节 技术分析的基本原理

技术分析时要以价格为中心，以市场的供求关系为基础，依据"供过于求"时股票价格就会下跌、"供不应求"时股票价格就会涨的基本原理，选择正确的投资时机和投资对象。

### 一、技术分析的三大假设

技术分析共有三大假设：
（1）市场行为涵盖一切。
（2）价格沿趋势移动。
（3）历史会重演。

其中，第（2）条假设是进行技术分析最根本、最核心的内容。它的主要含义是：股票价格的变动有其自身的规律，并按原来的方向惯性运行。

从理论上讲，技术分析既可以用于短期的行情预测，也可以用于长期的行情预测。但用于长期的行情预测，必须同基本分析相结合，这是进行技术分析应该注意的问题。同时，技术分析所得到的结论只具有建议的性质，并总是以概率的形式出现。

## 二、技术分析的特点

当然，技术分析作为投资分析的方法之一，不是万试万灵的。在技术分析过程中，往往受各种主客观因素影响而产生偏差。因此要站在一个高的起点运用技术分析，而不是受技术分析的局限，产生错误引导。市场的规律总在不断变化，技术分析的方式方法也在不断变换，当大多数人都发现了市场的规律或技术分析的方法时，这个市场往往会发生逆转。在分析过程中，也不可忽略基本面分析，而只进行单纯的技术分析。技术分析往往只有短期的效果，表面性较强；而基本面分析发掘的是上市公司内在的潜质，具有中长期阶段性的指导意义。与此同时，每一个技术指标都有自己的优点、缺陷，要避免用单一技术指标进行分析。在进行技术分析的时候，要考虑多项技术指标的走势，同时结合短期走势进行分析理解。

## 三、技术分析基本操作

在网上进行技术分析，首先要通过主菜单的"技术分析"选项。以"渤海证券"交易系统为例，进入"技术分析"页面，如图 5-1 所示。

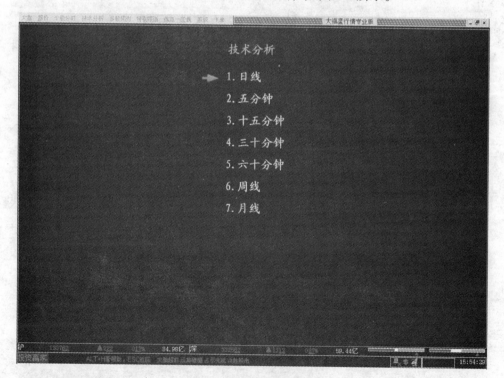

图 5-1　技术分析示意图

在此菜单中，可以分别对股票的日线、周线、月线以及分时走势等通过不同的技术指标进行分析。

## 第二节　移动成本分析

### 一、移动成本分布状态分析

股票的流通盘是固定的，无论流通筹码在股票中怎样分布，其累计量必然等于流通盘。股票的持仓成本就是流通盘在不同的价位有多少股票数量。对股票进行持仓成本分析能帮助广大股民有效地判断股票的行情性质和行情趋势，判断成交密集的筹码分布和变化，识别庄家建仓和派发的全过程，有效地判断行情发展中重要的支撑位和阻力位。采用移动成本分布状态分析，股民可以非常容易地了解到不同时间段的持仓成本分布状况。

在 K 线图右侧叠加了一层明亮不同的云，这是新版客户端新增加的"移动成本分布云"，它是在移动成本分布基础上的改进创新，如图 5-2 所示。

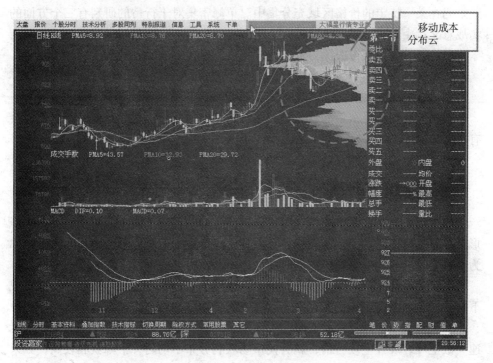

图 5-2　移动成本分布云示意图

移动成本分布云的画法，就是基准日开始往前推算每天的成交量在该天的最高价和最低价之间的平均分布叠加，一直叠加到计算天数内的成交量等于成本（即流通量），这样形成的图形就是流通盘在各个价位的分布，我们把这些天再分成五个部分，用不同的灰度表示，越靠近基准日的越亮。这样我们不但可以判断各个时期的成本分布情况，而且从各个时期云的大小可以判断各个时期的换手率大小，云越亮表示近期换手率越高。移动成本分布云用于根据成本在各个价位的分布变化情况判断庄家行为和行情变化，在实战中具有很高的实用价值。移动成本分布云的一个显著特点就是象形性和直观性。它通过横向柱状线与股价K线的叠加形象直观地标明各价位的成本分布量。在日K线图上，随着光标的移动，系统在K线图的右侧显示若干根水平柱状线。线条的高度表示股价，长度代表持仓成本数量在该价位的比例。也正是由于其象形性，使得移动成本分布在测定股票的持仓成本分布时会显示不同的形态特征，这些形态特征正是股票成本结构的直观反映。不同的形态具有不同的形成机理和不同的实战含义。

## 二、单峰密集

单峰密集是移动成本分布所形成的一个独立的密集峰形，它表明该股票的流通筹码在某一特定的价格区域充分集中。单峰密集对于行情的研判有三个方面的实战意义：

（1）当庄家为买方股民为卖方时，所形成的单峰密集意味着上攻行情的爆发。

（2）当庄家为卖方股民为买方时，所形成的单峰密集意味着下跌行情的开始。

（3）当庄家和股民混合买卖时，这种单峰密集将持续到趋势明朗。

正确地研判单峰密集的性质是判明行情性质的关键所在，有正确的研判才会有正确的操作决策。

根据股价所在的相对位置，单峰密集可分为低位单峰密集和高位单峰密集。

## 三、多峰密集

股票筹码分布在两个或两个以价位区域，分别形成了两个或两个以上密集峰形。上方的密集峰称为上密集峰，下方的密集峰称为下密集峰，中间的密集峰称为中密集峰。根据上下峰形成的时间次序不同，可分为下跌多峰和上涨多峰。

下跌多峰是股票下跌过程中，由上密集峰下行，在下密集峰处获得支撑形成下密集峰，而上密集峰仍然存在。

当股价处于下跌双峰状态时，一般不会立即发动上攻行情。因为如果股价迅速突破上峰，展开上攻行情，就会使市场获利分布不均匀，下峰获利较高，如果市场追涨意愿不高，庄家就会面临下峰的获利抛压和上峰的解套抛售的双重压力，给庄家的拉升带来困难。必须指出，峰谷仅对下跌双峰具有意义，只有下跌双峰才会在峰谷处形成二峰合一的单峰密集。上涨多峰是股票上涨过程中，由下密集峰上行，在上密集峰处横盘震荡整理形成一个以上的上密集峰。对上涨双峰的行情研判主要观察上下峰的变化对比。在上涨双峰中，下峰的意义非常的重要，它充分表明了庄家现阶段仓底筹码的存有量。如果上峰小于下峰，行情将继续看涨；反之，随着上峰的增大，下峰迅速减小，是下峰筹码被移至上峰的表现，此时庄家出货的可能性增大。

下跌多峰密集通常最下方的峰为吸筹峰，也称支撑峰；相对于吸筹峰，每一个上峰都是阻力峰。筹码通常经震荡整理在最下峰处形成峰密集。上方的每一个峰将被逐渐消耗。下跌多峰中的上峰通常是庄家派发区域，其峰密集是庄家派发的结果，上峰筹码主要是套牢盘。上涨多峰通常出现在做庄周期跨度较大的股票中，该类股在长期上涨过程中作间息整理，形成多峰状态。它表明庄家仍没有完成持仓筹码的派发。

### 四、成本发散

1. 形态特征

成本分布呈现不均匀松散的分布状态。

2. 形态种类

根据趋势的方向不同，可分为向上发散和向下发散。

3. 形成机理

在一轮行情的拉升或下跌过程中，由于股价的波动速度较快，使得持仓筹码在每一个价位迅速分布；对于单交易日而言，其筹码换手量增大，但整个价格波动区域呈现出筹码分散的状态。

必须指出，成本发散是一个过渡状态，当新的峰密集形成后，成本发散将随着峰密集程度的增大而消失。成本密集是下一阶段行情的孕育过程，成本发散是行情的展开过程。成本分布的密集和发散将投资行为鲜明地分为两个阶段，成本密集时是决策阶段，成本分布发散是决策的实施阶段。一旦成本密集，就意味着发生了大规模的成交换手。这种大规模的成交换手意味着行情的性质将发生改变。

## 第三节 技术指标及其应用

### 一、常用技术指标

#### （一）MACD 指标

MACD 是根据移动平均线较易掌握趋势变动的方向的优点发展而来的，它是利用两条不同速度（短期的移动平均线变动的速率快，长期的移动平均线变动的速度较慢）的指数平滑移动平均线来计算二者之间的差离状况（DIF）作为研

判行情的基础，然后再求取其 DIF 的 9 日平滑移动平均线，即 MACD 线。MACD
实际就是运用快速与慢速移动平均线聚合与分离的征兆，来研判买进与卖出的时
机和信号，如图 5-3 所示。

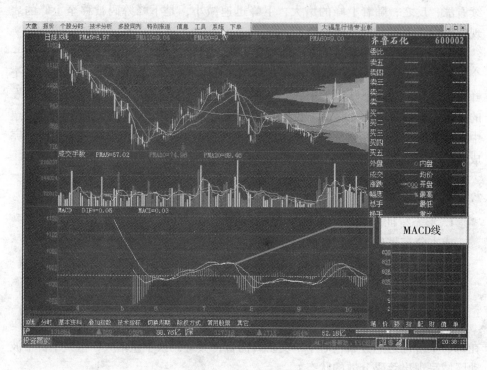

图 5-3　MACD 线示意图

1. 计算方法

MACD 在应用上，是以 12 日为快速移动平均线（12 日 EMA），而以 26 日为
慢速移动平均线（26 日 EMA），首先计算出这两条移动平均线数值，再计算出
两者数值间的差离值，即差离值（DIF）=12 日 EMA－26 日 EMA。然后根据此
差离值，计算 9 日 EMA 值（即 MACD 值）；将 DIF 与 MACD 值分别绘出线条，
然后依"交错分析法"分析，当 DIF 线向上突破 MACD 平滑线时，即为涨势确
认之点，也就是买入信号；反之，当 DIF 线向下跌破 MACD 平滑线时，即为跌
势确认之点，也就是卖出信号。

2. 应用法则

（1）DIF 和 MACD 在 0 以上，大势属多头市场。

（2）DIF 向上突破 MACD 时，可买进；若 DIF 向下跌破 MACD 时，只可作
原单的平仓，不可新买单进场。

（3）DIF 和 MACD 在 0 以下，大势属空头市场。

（4）DIF 向下跌破 MACD 时，可卖出；若 DIF 向上突破 MACD 时，只可作原单的平仓，不可新买单进场。

（5）高档二次向下交叉大跌，低档二次向上交叉大涨。

**（二）KDJ 指标**

KDJ 为随机指标，由 George Lane 所创，其综合动量观念、强弱指标及移动平均线的优点，早年应用在期货投资方面，功能颇为显著，目前为股市中最常用的指标之一。KDJ 线示意图如图 5-4 所示。

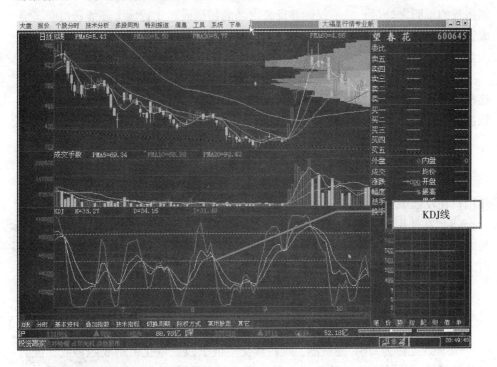

图 5-4　KDJ 线示意图

1. 计算方法

随机指数是用％K、％D 二条曲线构成的图形关系来分析研判价格走势，这种图形关系主要反映市场的超买超卖现象、走势背驰现象以及％K 与％D 相互交叉突破现象，从而预示中、短期走势的到顶与见底过程。

2. 应用法则

（1）超买超卖区域的判断。％K 值在 80 以上，％D 值在 70 以上为超买的一般标准。％K 值在 20 以下，％D 值在 30 以下，为超卖的一般标准。

（2）背驰判断。当股价走势一峰比一峰高时，随机指数的曲线一峰比一峰低，或股价走势一底比一底低时，随机指数曲线一底比一底高，这种现象被称为背驰。随机指数与股价走势产生背驰时，一般为转势的信号，表明中期或短期走势已到顶或见底，此时应选择正确的买卖时机。

（3）%K线与%D线交叉突破判断。当%K值大于%D值时，表明当前是一种向上涨升的趋势，因此%K线从下向上突破%D线时，是买进的信号；反之，当%D值大于%K值时，表明当前的趋势向下跌落，因而%K线从上向下跌破%D线时，是卖出信号。

（4）%K线与%D线的交叉突破，在80以上或20以下较为准确。KD线与强弱指数的不同之处是，它不仅能够反映市场的超买或超卖程度，还能通过交叉突破达到发出买卖信号的功能。但是，当这种交叉突破在50左右发生，走势又陷入盘局时，买卖信号应视为无效。

（5）K线形状判断。当%K线倾斜度趋于平缓时，是短期转势的警告信号，这种情况在大型热门股及指数中准确度较高；而在冷门股或小型股中准确度则较低。

3. 注意事项

（1）随机指数是一种较短期、敏感指标。

（2）随机指数的典型背驰准确性颇高，看典型背驰区注意D线，而K线的作用只在发出买卖信号。

（3）在使用中，常有J线的指标，$3K - 2D = J$，其目的是求出K值与D值的最大乖离程度，以领先KD值找出底部和头部。%J大于100时为超买，小于10时为超卖。

4. 常用参数

KDJ的常用参数是9天。

### （三）OBV 指标

OBV线亦称为OBV能量潮，是将成交量值予以数量化，制成趋势线，配合股价趋势线，从价格的变动及成交量的增减关系，推测市场气氛。OBV的理论基础是市场价格的变动必须有成交量配合，价格升降而成交量不相应升降，则市场价格的变动难以继续。OBV线示意图如图5-5所示。

1. 计算方法

逐日累计每日上市股票总成交量，当天收市价高于前一日时，总成交量为正值；反之，为负值；若平盘，则为零。即

当日 OBV = 前一日的 OBV ± 今日成交量

然后将累计所得的成交量逐日定点连接成线，与股价曲线并列于一图表中，观其变化。

2. 应用法则

（1）当股价上涨而OBV线下降时，表示能量不足，股价可能将回跌。

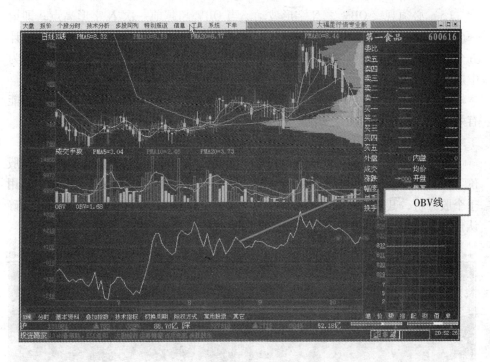

图 5-5　OBV 线示意图

（2）当股价下跌而 OBV 线上升时，表示买气旺盛，股价可能即将止跌回升。

（3）当股价上涨而 OBV 线同步缓慢上升时，表示股市继续看好。

（4）当 OBV 线暴升，不论股价是否暴涨或回跌，表示能量即将耗尽，股价可能滞涨反转。

3. 注意事项

（1）OBV 线为股市短期波动的重要判断方法，但运用 OBV 线应配合股价趋势予以研判分析。

（2）OBV 线能帮助确定股市突破盘局后的发展方向。

（3）OBV 的走势，可以局部显示出市场内部主要资金的移动方向，显示当期不寻常的超额成交量是徘徊于低价位还是在高价位上产生，这可使技术分析者领先一步深入了解市场内部原因。

（4）OBV 线对双重顶（M 头）第二个高峰的确定有较为标准的显示，当股价自双重顶第一个高峰下跌后又再次回升时，如果 OBV 线能随股价趋势同步上升，价量配合则可能持续多头市场并出现更高峰；但是相反的，股价再次回升时，OBV 线未能同步配合，却见下降，则可能即将形成第二个峰顶完成双重顶的形态，并进一步导致股价滞涨反转回跌。

（5）必须观察 OBV 之 N 字形波动。当 OBV 超越前一次 N 字形高点，即记一个向上的箭号。当 OBV 跌破前一次 N 字形低点，即记一个向下的箭号。累计五个向下或向上的箭号，即为短期反转信号。累计九个向下或向上的箭号，即为中期反转信号。N 字形波动加大时，须注意行情随时有反转可能。

（6）OBV 线比较偏向于短期进出，与基本分析丝毫无关。同时 OBV 也不能有效反映当期市场的换手情况。

**（四）VR 指标**

成交量比率 VR 是一项通过分析股价上升日成交额（或成交量，下同）与股价下降日成交额比值，从而掌握市场买卖气势的中期技术指标。VR 指标主要用于个股分析，其理论基础是"量价同步"及"量须先予价"，以成交量的变化确认低价和高价，从而确定买卖时机。VR 线示意图如图 5-6 所示。

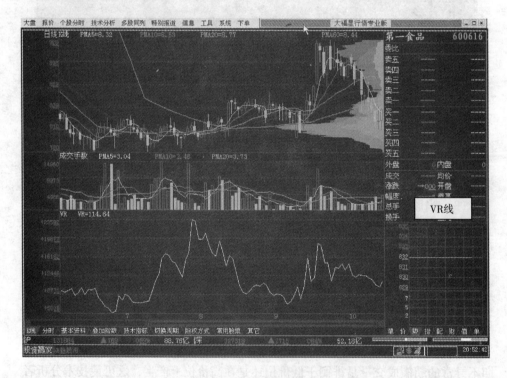

图 5-6　VR 线示意图

1. 计算方法

VR 的计算公式如下：

$$VR = \frac{N 日内上升日成交额总和}{N 日内下降日成交额总和} \times 100$$

式中，$N$ 日为设定参数，一般设为 26 日。

2. 应用法则

将 VR 值划分下列区域，根据 VR 值大小确定买卖时机：

（1）低价区域 40～70，可以买进。

（2）安全区域 80～150，持有股票。

（3）获利区域 160～450，根据情况获利了结。

（4）警戒区域 450 以上，伺机卖出。

（5）当成交额经萎缩后放大，而 VR 值也从低区向上递增时，行情可能开始发动，是买进的时机。

（6）VR 值在低价区增加，股价牛皮盘整，可考虑伺机买进。

（7）VR 值升至安全区内，而股价牛皮盘整时，一般可以持股不卖。

（8）VR 值在获利区增加，股价亦不断上涨时，应把握高档出货的时机。

（9）一般情况下，VR 值在低价区的买入信号可信度较高，但在获利区的卖出时机要把握好。由于股价涨后可以再涨，在确定卖出之前，应与其他指标一起研判。

3. 注意事项

（1）成交量比率是须先于价格的指标，在分析低价区域时可信度较高，观察高价区域宜参考其他指标。也就是说，在寻找底部时较可靠，确认头部时，宜多配合其他指标使用。

（2）一般情况下，VR 是不能明确买卖的具体信号。

（五）DMI 指标

动向指数 DMI 又叫做移动方向指数或趋向指数，属于趋势判断的技术性指标，其基本原理是通过分析股票价格在上升及下跌过程中供需关系的均衡点，即供需关系受价格变动的影响而发生由均衡到失衡的循环过程，从而提供对趋势判断的依据。DMI 线示意图如图 5-7 所示。

动向指数在应用时，主要是分析上升指标 + DI、下降指标 − DI 和平均动向指数 ADX 三条曲线的关系，其中 + DI 和 − DI 两条曲线的走势关系是判断出入市的信号，ADX 则是对行情走势的判断信号。上升指标 + DI 和下降指标 − DI 的应用法则如下：

（1）走势在有创新高的价格时，+ DI 上升，− DI 下降。因此，当图形上 + DI 14 从下向上递增突破 − DI 14 时，显示市场内部有新的多头买家进场，愿意以较高的价格买进，因此为买进信号。

（2）相反，当 − DI 14 从下向上递增突破 + DI 14 时，显示市场内部有新的空头卖家出货，愿意以较低价格卖出，因此为卖出信号。

（3）当走势维持某种趋势时，+ DI 14 和 − DI 14 的交叉突破信号相当准确；但走势出现牛皮盘档时，+ DI 14 和 − DI 14 发出的买卖信号应视为无效。

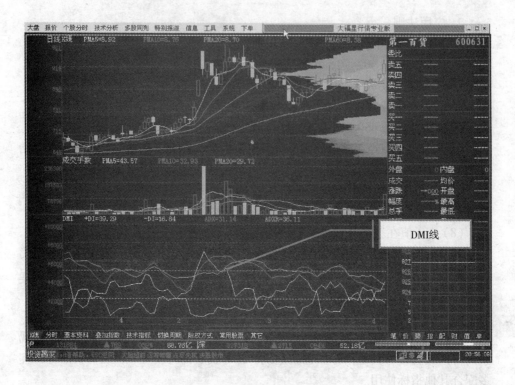

图 5-7　DMI 线示意图

（4）当 ADX 于 50 以上向下转折时，代表市场趋势终了。当 ADX 滑落至 + DI 之下时，不宜进场交易。

### （六）BIAS 乖离率

BIAS 乖离率是移动平均原理派生的一项技术指标，其功能主要是通过测算股价与移动平均线出现偏离的程度，从而得出股价在剧烈波动时因偏离移动平均趋势引起回档或反弹的可能性。BIAS 线示意图如图 5-8 所示。

如果股价偏离移动平均线太远，不管股价在移动平均线之上或之下，都有可能趋向平均线。而乖离率则表示股价偏离趋向指标所占的百分比值。

1. 计算公式

乖离率的计算公式为：

$$BIAS = \frac{当日收市价 - N\,日内移动平均收市价}{N\,日内移动平均收市价} \times 100\%$$

式中，N 日为设立参数，可按自己选用移动平均线日数设立，一般分定为 6 日、12 日、24 日和 72 日，亦可按 10 日、30 日、75 日设定。

2. 应用法则

乖离率分正乖离和负乖离。当股价在移动平均线之上时，其乖离率为正；反

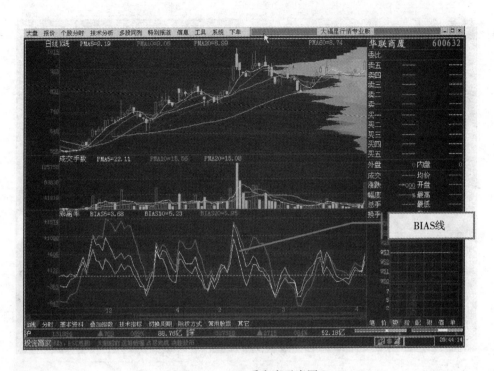

图 5-8  BIAS 乖离率示意图

之则为负。当股价与移动平均线一致时，乖离率为 0。随着股价走势的强弱和升跌，乖离率周而复始地穿梭于 0 点的上方和下方，其值的高低对未来走势有一定的测试功能。一般而言，正乖离率涨至某一百分比时，表示短期间多头获利回吐可能性也越大，呈卖出信号；负乖离率降到某一百分比时，表示空头回补的可能性也越大，呈买入信号。

由于股价相对于不同日数的移动平均线有不同的乖离率，除去暴涨或暴跌会使乖离率瞬间达到高百分比外，短、中、长线的乖离率一般均有规律可循。下面是国外不同日数移动平均线达到买卖信号要求的参考数据：

（1）6 日平均值乖离：−3% 是买进时机，+3.5% 是卖出时机。

（2）12 日平均值乖离：−4.5% 是买进时机，+5% 是卖出时机。

（3）24 日平均值乖离：−7% 是买进时机，+8% 是卖出时机。

（4）72 日平均值乖离：−11% 是买进时机，+11% 是卖出时机。

**（七）RSI 指标**

相对强弱指数 RSI 通过比较一段时期内的平均收盘涨数和平均收盘跌数来分析市场买沽盘的意向与实力，从而作出未来市场的走势。RSI 线示意图如图 5-9 所示。

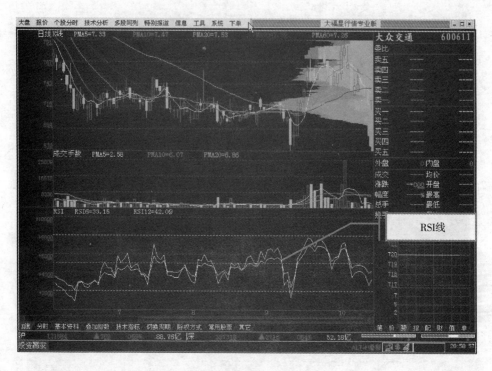

图 5-9　RSI 线示意图

1. 计算方法

RSI 的计算公式为：

$$RSI = \frac{上升平均数}{上升平均数 + 下跌平均数} \times 100$$

2. 应用法则

（1）受计算公式的限制，不论价位如何变动，强弱指标的值均在 0 与 100 之间。

（2）强弱指标保持高于 50 表示为强势市场，低于 50 表示为弱势市场。

（3）强弱指标多在 70 与 30 之间波动。当 6 日指标上升到达 80 时，表示股市已有超买现象，一旦继续上升，超过 90 以上时，则表示已到严重超买的警戒区，股价已形成头部，极有可能在短期内反转回转。

（4）当 6 日强弱指标下降至 20 时，表示股市有超卖现象，一旦继续下降至 10 以下，则表示已到严重超卖区域，股价极可能有止跌回升的机会。

（5）每种类型股票的超卖超买值是不同的。在牛市时，一线股的强弱指数，若是 80，便属超买；若是 30，便属超卖。至于二三线股，强弱指数若是 85 ~ 90，便属超买；若是 20 ~ 25，便属超卖。

（6）超买及超卖范围的确定还取决于以下两个因素：一是市场的特性。起伏不大的稳定的市场一般可以规定 70 以上超买，30 以下为超卖；变化比较剧烈的市场可以规定 80 以上为超买，20 以下为超卖。二是计算 RSI 时所取的时间参数。

（7）强弱指标与股价或指数比较时，常会表现出先行显示未来行情走势的特性，亦即股价或指数未涨而强弱指标先上升，股价或指数未跌而强弱指标先下降，其特性在股价的高峰与谷底反映最明显。

（8）强弱指标上升而股价反而下跌，或是强弱指标下降而股价反趋上涨，这种情况称之为"背驰"。当 RSI 在 70～80 之间时，价位破顶而 RSI 不能破顶，这就形成了"顶背驰"，而当 RSI 在 20～30 之间时，价位破底而 RSI 不能破底，就形成了"底背驰"。这种强弱指标与股价变动产生的背离现象，通常被认为是市场即将发生重大反转的信号。

### （八）W%R 指标

威廉指数 W%R 利用摆动点来量度股市的超买卖现象，可以预测循环期内的高点或低点，从而提出有效率的投资信号。W%R 指标示意图如图 5-10 所示。

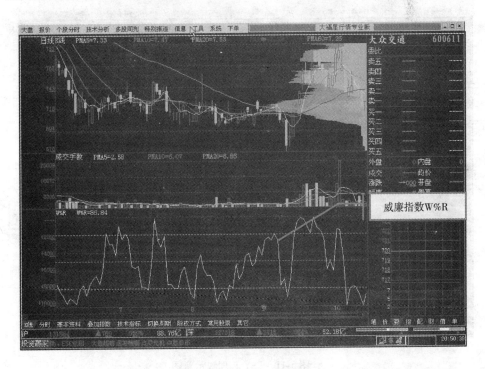

图 5-10　W%R 指标示意图

### 1. 计算方法

W%R 的计算公式为：

$$W\%R = \frac{100 - (C - L_n)}{H_n - L_n} \times 100\%$$

式中，$C$ 为当日收市价；$L_n$ 为 $N$ 日内最低价；$H_n$ 为 $N$ 日内最高价；$N$ 为选设参数，一般设为 14 日或 20 日。

2. 应用法则

（1）W%R 介于 0～100% 之间；100% 置于底部，0 置于顶部。

（2）80% 设一条"超卖线"，价格进入 80%～100% 之间，而后再度上升至 80% 之上时为买入信号。

（3）20% 设一条"超买线"，价格进入 0～20% 之间，而后再度下跌至 20% 之下时为卖出信号。

**（九）PSY 心理线**

心理线是一种建立在研究投资人心理趋向基础上，将某段时间内投资者倾向买方还是卖方的心理与事实转化为数值，形成人气指标，作为买卖股票的参数。PSY 心理线示意图如图 5-11 所示。

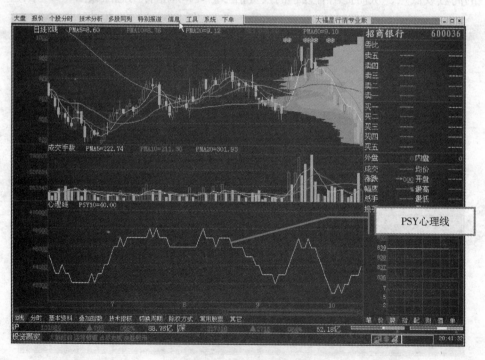

图 5-11　PSY 心理线示意图

1. 计算方法

$$PSY = \frac{N \text{日内的上涨天数}}{N} \times 100$$

式中，$N$ 一般设定为 12 日，最大不超过 24 日，周线最长不超过 26 日。

2. 应用法则

（1）由心理线公式计算出来的百分比值，超过 75 时为超买，低于 25 时为超卖，百分比值在 25～75 区域内为常态分布。但在涨升行情时，应将卖点提高到 75 之上；在跌落行情时，应将买点降低至 45 以下。具体数值要凭经验并配合其他指标。

（2）一段上升行情展开前，通常超卖的低点会出现两次。同样，一段下跌行情展开前，超买的最高点也会出现两次。在出现第二次超卖的低点或超买的高点时，一般是买进或卖出的时机。

（3）当百分比值降低至 10 或 10 以下时，是真正的超买，此时是一个短期抢反弹的机会，应立即买进。

（4）心理线主要反映市场心理的超买或超卖，因此，当百分比值在常态区域上下移动时，一般应持观望态度。

（5）高点密集出现两次为卖出信号；低点密集出现两次为买进信号。

3. 注意事项

（1）心理线和 VR 配合使用，决定短期买卖点，可以找出每一波的高低点。

（2）心理线和逆时针曲线配合使用，可提高准确度，明确指出头部和底部。

**（十）BRAR 指标**

BR 是一种"情绪指标"，套用西方的分析观点，就是以"反市场心理"的立场为基础，当众人一窝蜂地买股票，市场上充斥着大大小小的好消息，报章杂志纷纷报道经济增长率大幅上扬，刹那间，前途似乎一片光明，此时，你应该断然离开市场。相反地，当大家已经对行情失望，市场一片看坏的声浪时，你应该毅然决然地进场默默承接。

AR 是一种"潜在动能"。由于开盘价乃是股民经过一夜冷静思考后，共同默契的一个合理价格，那么，从开盘价向上推升至当日最高价之间，每超越一个价位都会损耗一份能量。当 AR 值升高至一定限度时，代表能量已经消耗殆尽，缺乏推升力道的股价，很快就会面临反转的危机。相反地，股价从开盘之后并未向上冲高，自然就减少能量的损耗，相对地也就屯积保存了许多累积能量，这一股无形的潜能，随时都有可能在适当成熟的时机爆发出来。

我们一方面观察 BR 的情绪温度，一方面追踪 AR 能量的消长，以这个角度对待 BRAR 的变化，用"心"体会股价的脉动，这是使用 BRAR 的最高境界。BRAR 线示意图如图 5-12 所示。

BRAR 的应用法则如下：

（1）BR = 100 是强弱气势的均衡状态。

（2）BR < AR，而 AR < 50 时可买进。

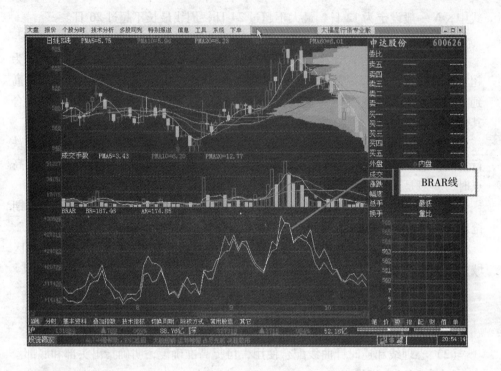

图 5-12　BRAR 线示意图

（3）BR 由高档下跌一半，股价反弹。

（4）BR 由低档上涨一半，股价回档。

（5）AR < 100 后急剧下跌，致使 AR < 40 时可买进。

### （十一）布林线

布林线是一个路径型指标，由上限和下限两条线构成一个带状的路径。股价超越上限时，代表超买，股价超越下限时，代表超卖。布林线指标的超买超卖作用，只能运用在横向整理的行情。布林线示意图如图 5-13 所示。

布林线的应用法则如下：

（1）布林线利用波带可以显示其安全的高低价位。

（2）当易变性变小，而波带变窄时，激烈的价格波动有可能随即产生。

（3）高低点穿越波带边线时，立刻又回到波带内，会有回档产生。

（4）波带开始移动后，以此方式进入另一个波带，这对于找出目标值相当有帮助。

## 二、其他技术指标

### （一）DMA 指标

DMA 指标利用两条不同期间的平均线，计算差值之后，再除以基期天数。

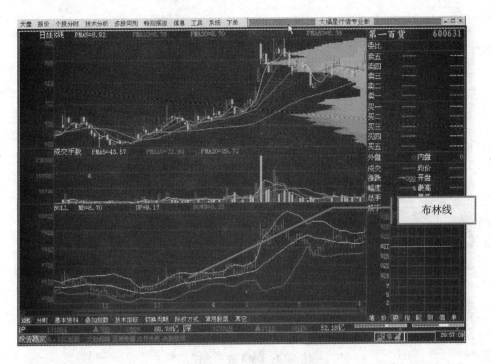

图 5-13　布林线示意图

它是两条基期不同平均线的差值，由于其将短期均线与长期均线进行了协调，也就是说它滤去了短期的随机变化和长期的迟缓滞后，使得其数值能更准确、真实、客观地反映股价趋势，故它是一种反映趋势的指标。DMA 线示意图如图 5-14 所示。

DMA 线的应用法则如下：

（1）DMA 线是两条基期不同的平均线的差值。实线向上交叉虚线，买进。

（2）实线向下交叉虚线，卖出。

（3）DMA 线也可观察与股价的背离。

**（二）EXPMA 指标**

EXPMA 被译为指数平均数，用于修正移动平均线较股价落后的缺点。本指标随股价波动反应快速，用法与移动平均线相同。EXPMA 指数平均数线示意图如图 5-15 所示。

**（三）TRIX 指标**

TRIX 的中文名称为三重指数平滑移动平均线，长线操作时采用本指标的信号，可以过滤掉一些短期波动的干扰，避免交易次数过于频繁，造成部分无利润的买卖及手续费的损失。三重指数平滑移动平均线示意图如图 5-16 所示。

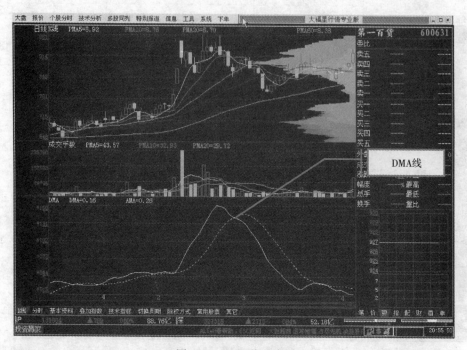

图 5-14　DMA 线示意图

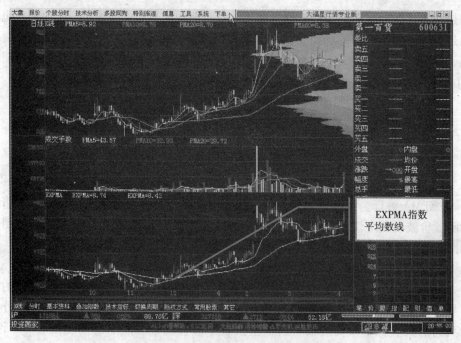

图 5-15　EXPMA 指数平均数线示意图

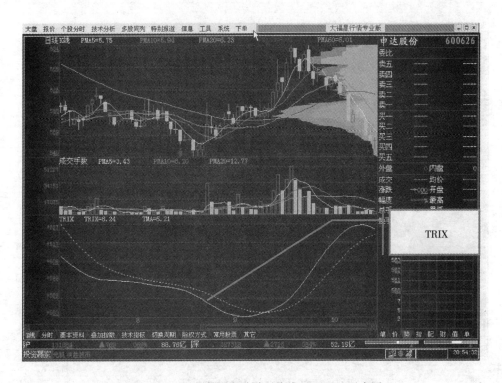

图 5-16　三重指数平滑移动平均线（TRIX）示意图

本指标是一项超长周期的指标，长时间按照本指标信号交易，获利百分比大于损失百分比，利润相当可观。

TRIX 的应用法则如下：

（1）盘整行情本指标不适用。

（2）TRIX 向上交叉其 MA 线，买进。

（3）TRIX 向下交叉其 MA 线，卖出。

（4）TRIX 与股价产生背离时，应注意随时会反转。

（5）TRIX 是一种三重指数平滑平均线。

**（四）CR 指标**

只比较前一天收盘价与当天收盘价，分析股价的高低及强弱，然后预测第二日的股价，是一种重视收盘价倾向的做法。CR 指标本身配置 4 条平行线，平行线又较 CR 线先行若干天。另一方面，平行线之间又相互构筑一个强弱带，被应用来对股价进行预测。CR 线示意图如图 5-17 所示。

CR 指标的应用法则如下：

（1）CR 平均线周期由短至长分成 A、B、C、D 四条。

（2）由 C、D 构成的带状称为主带，由 A、B 构成的带状称为副带。

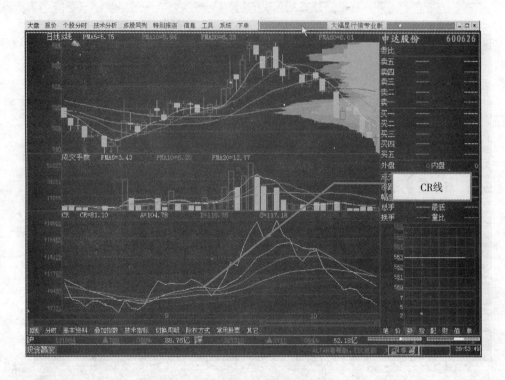

图 5-17　CR 线示意图

（3）CR 指标由带状之下上升 160% 时，卖出。

（4）CR 指标跌至 40 以下，重回副带，而 A 线由下转上时，买进。

（5）主带与副带分别代表主要的压力支撑区及次要压力支撑区。

（6）CR 指标在 400 以上，渐入高档区，注意 A 线的变化。

**（五）ASI 指标**

ASI 的中文名称为振动升降指标，由 Welles Wilder 所创。ASI 企图以开盘、最高、最低、收盘价构筑成一条幻想线，以便取代目前的走势，形成最能表现当前市况的真实市场线（Real Market）。韦尔达认为当天的交易价格，并不能代表当时真实的市况，真实的市况必须取决于当天的价格和前一天及次一天价格间的关系，他经过无数次的测试之后，确定了 ASI 指标。ASI 线示意图如图 5-18 所示。

ASI 指标的应用法则如下：

（1）股价创新高低，而 ASI 未创新高低，表示对此高低点之不确认。

（2）股价已突破压力线或支撑线，ASI 未伴随发生，为假突破。

（3）ASI 前一次形成的显著高低点，视为 ASI 的停损点。多头时，当 ASI 跌破前一次低点，停损卖出；空头时，当 ASI 向上突破其前一次高点，停损回补。

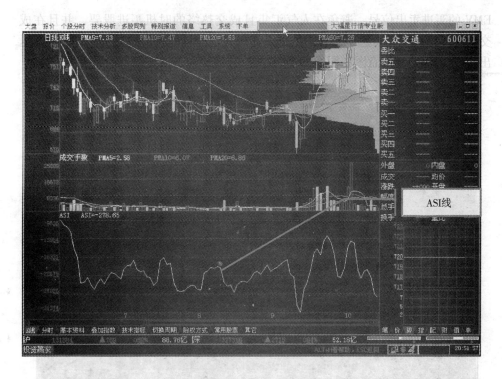

图 5-18　ASI 线示意图

## （六）EMV 指标

EMV 指标即简易波动指标。如果较少的成交量便能推动股价上涨，则 EMV 数值会升高；相反，股价下跌时也仅伴随较少的成交量，则 EMV 数值将降低。另一方面，倘若价格不涨不跌，或者价格的上涨和下跌都伴随着较大的成交量时，则 EMV 的数值会趋近于零。

这个公式原理运用得相当巧妙，股价在下跌的过程当中，由于买气不断地萎靡退缩，致使成交量逐渐地减少，EMV 数值也因而尾随下降，直到股价下跌至某一个合理支撑区，捡便宜货的买单促使成交再度活跃，EMV 数值于是作相对反应向上攀升，当 EMV 数值由负值向上趋近于零时，表示部分信心坚定的资金成功地扭转了股价的跌势，行情不但反转上扬，而且形成另一次的买进信号。行情的买进信号发生在 EMV 数值由负值转为正值的一刹那，然而股价随后的上涨，使成交量并不会很大，一般仅呈缓慢递增，这种适量稳定的成交量，促使 EMV 数值向上攀升，由于头部通常是成交量最集中的区域，因此，市场人气聚集越来越多，直到出现大交易量时，EMV 数值会提前反应而下降，行情已可确定正式反转，形成新的卖出信号。EMV 运用这种成交量和人气的荣枯，构成一个完整的股价系统循环。该指标引导股民藉此掌握股价流畅的节奏感，一贯遵守

EMV 的买进卖出信号，避免在人气汇集且成交热络的时机买进股票，并且在成交量已逐渐展现无力感，而狂热的群众尚未察觉能量即将用尽时，卖出股票并退出市场。EMV 线示意图如图 5-19 所示。

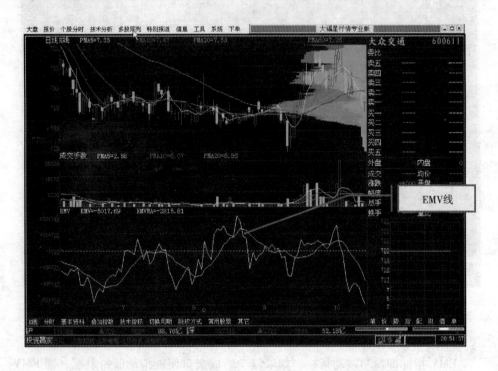

图 5-19　EMV 线示意图

EMV 指标的应用法则如下：

（1）EMV 值上升，代表量跌价增。

（2）EMV 值下降，代表量跌价跌。

（3）EMV 趋向于 0，代表大成交量。

（4）EMV > 0，买进。

（5）EMV < 0，卖出。

**（七）WVAD 指标**

这是一种将成交量加权的量价指标。其主要的理论精髓，在于重视一天中开盘到收盘之间的价位，而将此区域之上的价位视为压力，区域之下的价位视为支撑，求取此区域占当天总波动的百分比，以便测量当天的成交量中，有多少属于此区域，成为有实际意义的交易量。如果区域之上的压力较大，将促使 WVAD 变成负值，代表卖方的实力强大，此时应该卖出持股。如果区域之下的支撑较大，将促使 WVAD 变成正值，代表买方的实力雄厚，此时应该买进股票。WVAD 正负之间，强弱一线之隔，非常符合东方哲学技术理论，由于模拟测试所选用的周期相当长，因此测试结果也以长周期成绩较佳。WVAD 线示意图如图 5-20 所示。

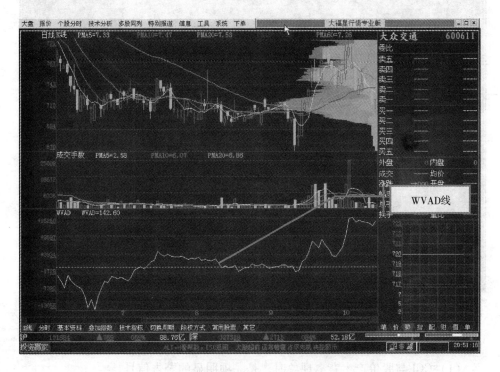

图 5-20 WVAD 线示意图

WVAD 指标的应用法则如下：

（1）指标为正值，代表多方的冲力占优势，应买进。

（2）指标为负值，代表空方的冲力占优势，应卖出。

（3）WVAD 用来测量股价由开盘至收盘期间，多空两方各自爆发力的程度。

（4）运用 WVAD 指标，应先将参数设成长期。

**（八）CCI 指标**

CCI 指标即顺势指标，专门测量股价是否已超出常态分布范围。它属于超买超卖类指标中较特殊的一种，波动于正无限大和负无限小之间。但是，又不需要以 0 为中轴线，这一点也和波动于正无限大和负无限小的指标不同。然而每一种超买超卖指标都有"天线"和"地线"。除了以 50 为中轴的指标，天线和地线分别为 80 和 20 以外，其他超买超卖指标的天线和地线位置，都必须视不同的市场、不同的个股特性而有所不同。唯独 CCI 指标的天线和地线分别为 +100 和 −100。CCI 线示意图如图 5-21 所示。

图 5-21　CCI 线示意图

CCI 指标的应用法则如下：

（1）CCI 与股价产生背离现象时，是一项明显的警告信号。

（2）CCI 正常波动范围在 ±100 之间，+100 以上为超买信号，-100 为超卖信号。

（3）CCI 主要测量脱离价格正常范围的变异性。

**（九）ROC 指标**

ROC 指标可以同时监视常态性和极端性两种行情，等于综合了 RSI、W%R、KDJ、CCI 四种指标的特性。ROC 也必须设定天线和地线，但是却拥有三条天线和三条地线（有时候图形上只需画出各一条的天线地线即可），和其他超买超卖指标不同。而且天线地线的位置既不是 80 和 20，也不是 +100 和 -100，ROC 指标的天线地线位置是不确定的。ROC 指标示意图如图 5-22 所示。

ROC 指标的应用法则如下：

（1）ROC 具有超买超卖功能。

（2）不同个股价格比率不同，其超买超卖范围也略有不同，但一般总是介于 ±6.5 之间。

（3）ROC 抵达超卖水准时，应买进；抵达超买水准时，应卖出。

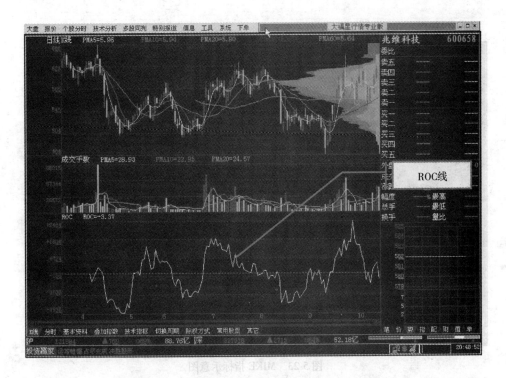

图 5-22 ROC 指标示意图

（4）ROC 对于股价也能产生背离作用。

**（十）MIKE 指标**

MIKE 指标表示初级、中级及强力支撑与初级、中级及强力压力，如图 5-23 所示。

**（十一）总持指标**

总持是在期货中使用的一种指标，如图 5-24 所示。

**（十二）TWR 宝塔线**

宝塔线是以白黑（虚体，实体）的实体棒线来划分股价的涨跌，及研判其涨跌趋势的一种线路，也是将多空之间拼杀的过程与力量的转变表现在图中，并且显示适当的买进时机与卖出时机。它的特征与点状图类似，并非记载每天或每周的股价变动过程，而是当股价继续创新高（或创新低），抑或反转上升或下跌时，再予以记录、绘制。TWR 宝塔线示意图如图 5-25 所示。

TWR 宝塔线的应用法则如下：

（1）宝塔线翻红为买进时机，股价将会延伸一段上升行情。

（2）宝塔线翻蓝则为卖出时机，股价将会延伸一段下跌行情。

（3）盘局时宝塔线的小翻白、小翻黑可不必理会。

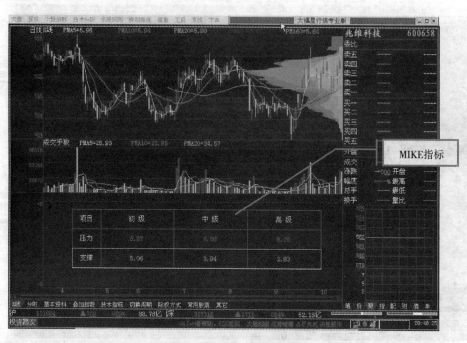

图 5-23　MIKE 指标示意图

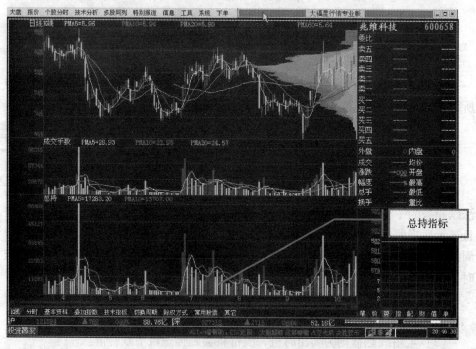

图 5-24　总持指标示意图

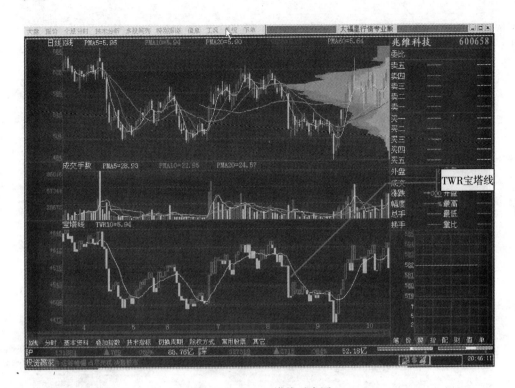

图 5-25 TWR 宝塔线示意图

（4）盘局或高档时宝塔线长蓝而下，宜立即获利了事，翻蓝下跌一段后，突然翻红，可能是假突破，不宜抢进，最好配合 K 线及成交量观察数天后再作决定。

（5）宝塔线适合短线操作之用，但最好配合 K 线、移动平均线及其他指标一并使用，这样可减少误判的机会。如 10 日移动平均线走平，宝塔线翻黑，即需卖出。

## （十三）TURN 周转率

周转率也称换手率，是反映市场人气强弱的一种指标，其定义为在一定期间内，市场中股票转手买卖的频率。TURN 周转率示意图如图 5-26 所示。

TURN 周转率的应用法则如下：

（1）股票周转率越高，意味着该股股性越活泼，也就是投资人所说的热门股；反之，周转率甚低的股票，则是所谓的冷门股。

（2）热门股的优点在于进出容易，一般不会有要进进不到或想卖卖不出的现象。然而，值得注意的是，周转率高的股票，往往也是短线操作的投机者介入的对象，故股价起伏也会较大。

（3）由于每股在外流通筹码不同，看周转率时，应用趋势线的眼光来看是

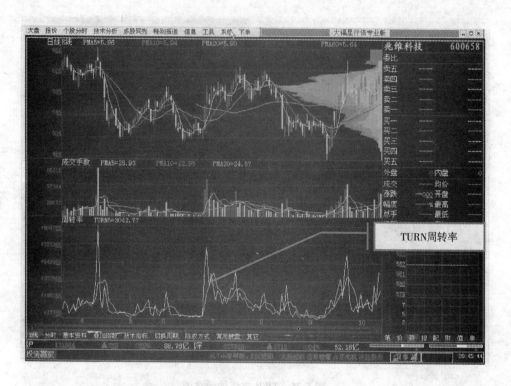

图 5-26　TURN 周转率示意图

增加或减少，不应局限在数值的高低。

**（十四）慢速 KD（SKD，SLOWKD）**

慢速 KD 是随机指标的一种，只是 KD 指标属于较快的随机波动，SKD 线则是属于较慢的随机波动。依股市经验，SKD 较适合用于作短线，由于它不易出现抖动的杂讯，买卖点较 KD 明确，SKD 线的 K 值在低档出现，与指数背离时，应买进，尤其 K 值第二次超越 D 值时。慢速 KD 示意图如图 5-27 所示。

**（十五）DBCD 异同离差乖离率**

DBCD 异同离差乖离率的原理和构造方法与乖离率类似，用法也与乖离率相同。优点是能够保持指标的紧密同步，而且线条光滑，信号明确，能够有效地过滤掉伪信号。DBCD 异同离差乖离率示意图如图 5-28 所示。其计算方法为：先计算乖离率 BIAS，然后计算不同日的乖离率之间的离差，最后对离差进行指数移动平滑处理。

**（十六）LW&R 威廉指标**

LW&R 威廉指标实际上是 KD 指标的补数，如图 5-29 所示。

LW&R 指标的应用法则如下：

（1）LW&R2 ＜30，超买；LW&R2 ＞70，超卖。

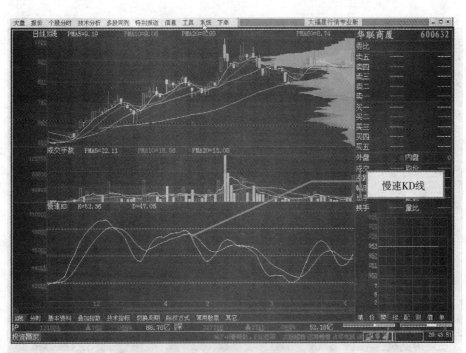

图 5-27 慢速 KD 示意图

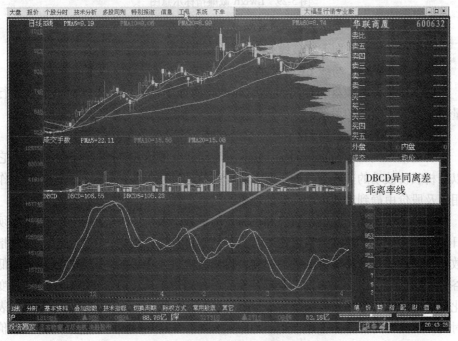

图 5-28 DBCD 异同离差乖离率示意图

图 5-29　LW&R 威廉指标示意图

（2）线 LW&R1 向下跌破线 LW&R2，买进信号。

（3）线 LW&R1 向上突破线 LW&R2，卖出信号。

（4）线 LW&R1 与线 LW&R2 的交叉发生在 30 以下、70 以上才有效。

LW&R 指标对大盘和热门大盘股有极高的准确性。LW&R 指标不适于发行量小、交易不活跃的股票。

### （十七）MTM 动量指数

动量指数（Momentom Index）是一种专门研究股价波动的技术分析指标，它以分析股价波动的速度为目的，研究股价在波动过程中各种加速、减速、惯性作用以及股价由静到动或由动转静的现象。

动量指数的理论基础是价格和供需量的关系。股价的涨幅随着时间变化必须日渐缩小，变化的速度力量慢慢减缓，行情则可反转；反之，下跌亦然。动量指数就是这样通过计算股价波动的速度，得出股价进入强势的高峰和转入弱势的低谷等不同信号，由此成为投资者较喜爱的一种测市工具。股价在波动中的动量变化可通过每日的动量点连成曲线即动量线反映出来。在动量指数图中，水平线代表时间，垂直线代表动量范围。动量以 0 为中心线，即静速地带。中心线上部是股价上升地带，下部是股价下跌地带，动量线根据股价波动情况围绕中心线作周期性往返运动，从而反映股价波动的速度。MTM 动量指数示意图如图 5-30 所示。

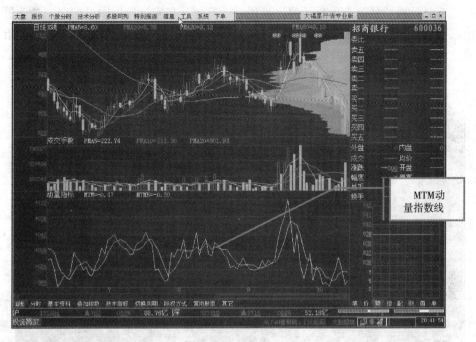

图 5-30　MTM 动量指数示意图

1. 计算方法

MTM 的计算公式如下：

$$\text{MTM} = C - C_n$$

式中，$C$ 为当日收市价；$C_n$ 为 $N$ 日前收市价；$N$ 为设定参数，一般选设 10 日，亦可在 6 ~ 14 日之间选择。

2. 应用法则

（1）一般情况下，MTM 由上向下跌破中心线时，为卖出时机；相反，MTM 由下向上突破中心线时，为买进时机。

（2）在选设 10 日移动平均线情况下，当 MTM 在中心线以上，由上向下跌穿平均线为卖出信号；反之，当 MTM 在中心线以下，由下向上突破平均线为买入信号。

（3）股价在上涨行情中创出点，而 MTM 未能配合上升，出现背驰现象，意味上涨动力减弱，此时应关注行情，慎防股价反转下跌。

（4）股价在下跌行情中走出新低点，而 MTM 未能配合下降，出现背驰，该情况意味下跌动力减弱，此时应注意逢低承接。

（5）若股价与 MTM 在低位同步上升，显示短期将有反弹行情；若股价与 MTM 在高位同步下降，则显示短期可能出现股价回落。

3. 评价

有时只用动量值来分析研究，显得过于简单，在实际应用中再配合一条动量值的移动平均线，形成快慢速移动平均线的交叉现象，用以对比，修正动量指数，效果很好。

**（十八）OSC 摆动线**

OSC 摆动线示意图如图 5-31 所示。

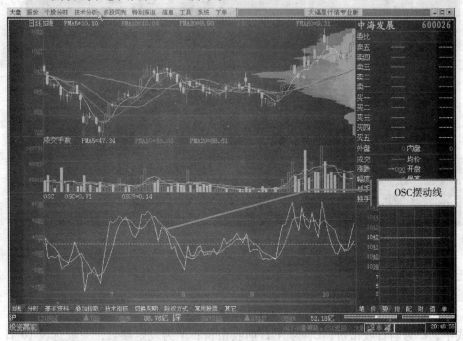

图 5-31　OSC 摆动线示意图

1. 计算方法

OSC 的计算公式为：

$$OSC = 当日收盘 - 若干天的平均线价$$

2. 应用法则

（1）当震荡点大于 0 且股价趋势仍属上升时，为多头走势；反之，当震荡点小于 0 且股价趋势为下跌时，为空头走势。

（2）OSC 可用切线研判涨跌信号。

（3）OSC 可用形态学指示进出点。

（4）OSC 与价格背离则反转日为时不远。

**（十九）PRICE 价位线**

连接每日的收盘价为一曲线，有三条平均线配合，即为 PRICE 价位线，如图 5-32 所示。

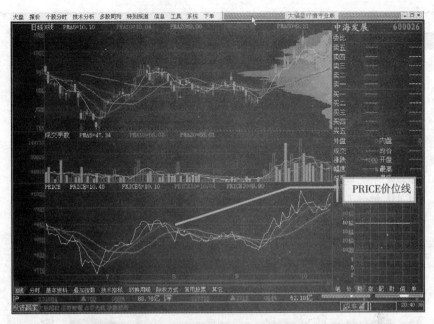

图 5-32　PRICE 价位线示意图

## （二十）PCNT%幅度比

此指标是计算每日的涨跌幅加以画线表示，由曲线的变化可以很快地了解股价的变动，配有一条平均线，如图 5-33 所示。

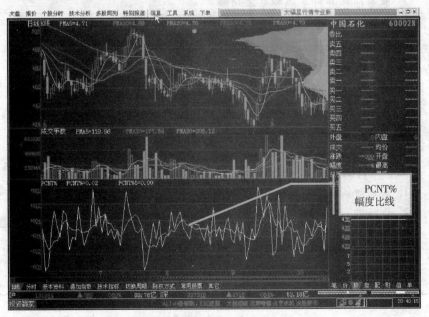

图 5-33　PCNT% 幅度比示意图

**小资料**

## 证券投资实训要求及操作流程

### 一、实训内容

1. 证券信息的采集

2. 网上资源获取

3. 软件下载

4. 建立个人模拟账户

5. 基本分析及技术分析

6. 股票委托买卖

### 二、实训要点

1. 软件下载

2. 建立模拟账户

3. 进行行情分析

4. 模拟委托买卖

### 三、实训目的

1. 实现课堂知识与能力训练的对接

2. 熟悉证券分析系统的基本功能

3. 实际感受证券投资的完整过程

4. 感受证券委托买卖的全部过程

### 四、实训要求

1. 遵守实验室的各项管理规定

2. 根据实训安排认真完成每天的训练内容

3. 不做与实训无关的内容

4. 作好每天的工作日志

### 五、报告框架

1. 实训时间

2. 训练内容

3. 操作情况

4. 相关分析

5. 实际感受

# 第六章　网上证券委托

**本章指引：**

　　网上证券委托交易，从证券的委托下单、撤单查询、更改密码、银证转账，无不给投资者带来极大的便利。通过本章所提示的业务流程和操作训练，相信你首先会感受到网上证券投资所带来的全新感觉。你并不需要亲临证券营业机构的现场，就可以运筹帷幄，完成你要做的一切。

## 第一节　委　托　设　置

　　根据目前证券市场的情况，投资者可以登录有关证券网站，下载行情分析软件，以便通过行情分析系统进行个股查询和技术分析。如果想通过互联网进行证券交易，则需要在某一证券公司开户并申请开通网上交易委托，之后，下载该公司提供的网上交易系统，即可进行网上证券买卖。

### 一、登录配置

　　用户具备了上网的条件，就可以到开户的证券营业部办理开通网上交易的手续。选择开通网上交易的证券商，应该选择能够提供良好服务的券商，这其中，安全性是最重要的。中国证监会对证券商开通网上交易作了明确的规定。因此，投资者应选择取得中国证监会颁发的"网上委托交易资格"的证券商。此外，券商在保护投资者利益上应有比较完善的风险控制管理措施，网上委托系统应有完善的系统安全、数据备份和故障恢复手段。在技术和管理上，要确保客户交易数据的安全、完整与准确。下面以渤海证券网上交易系统为例进行说明（因版本不断升级，实际界面会略有不同）。

　　用户点击网上交易系统主菜单中的"下单"选项，如图6-1所示，即可进入"交易登录"对话框（见图6-2）。

　　在"交易登录"对话框中，用户只需输入账号及密码，即可登录进入个人账

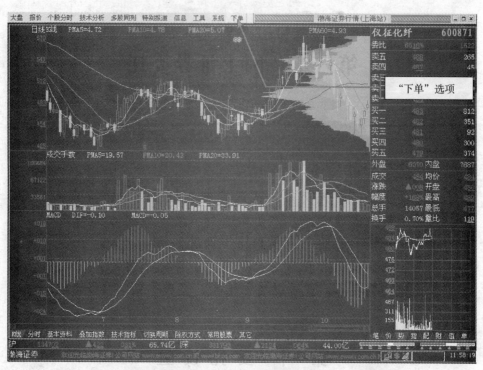

图 6-1　"下单"选项示意图

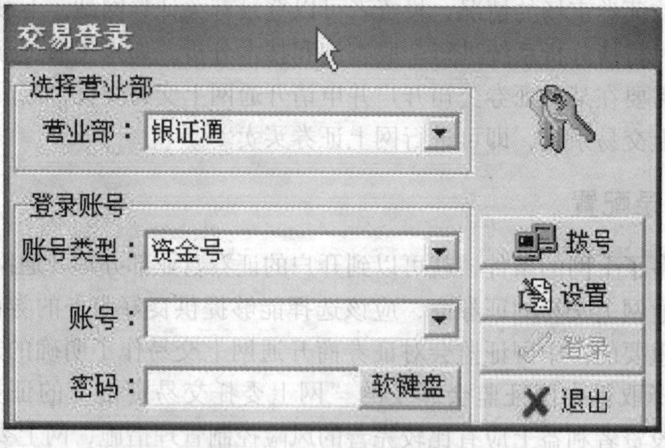

图 6-2　"交易登录"对话框

户中。但是由于每个用户上网的途径以及计算机的设置各不相同，因此，首次登录前需对登录方式进行设置。

点击"设置"按钮，系统弹出设置菜单，如图 6-3 所示。

其中"选择主站"、"程序升级"、"代理设置"等菜单与行情系统中的用法相同，在此不再赘述。

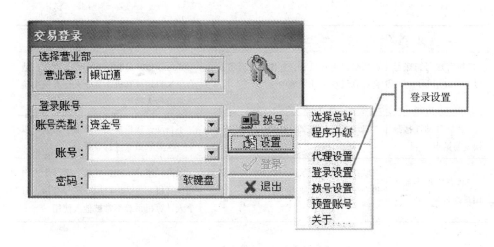

图 6-3　"登录设置"示意图

点击"登录设置"按钮，即可进入"登录配置"对话框，如图 6-4 所示。

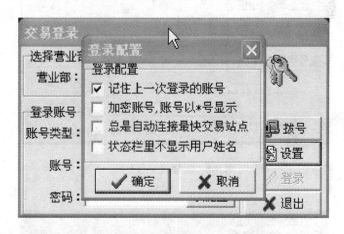

图 6-4　"登录配置"对话框

其中，各个选项的设置功能如表 6-1 所示。

表 6-1　各个选项的设置功能

| 选　　项 | 选　　择 | 不　选　择 |
| --- | --- | --- |
| "记住上一次登录的账号" | 计算机再次登录时，保留上一次登录的账号。适合个人自用计算机，每次均以同一账号登录，且个人计算机系统不常被他人使用 | 计算机再次登录时，不保留上一次登录的账号。适合非个人自用计算机，且计算机系统常被多人使用 |

（续）

| 选　项 | 选　择 | 不　选　择 |
|--------|--------|-----------|
| "加密账号，账号以＊号显示" | 账号以＊号显示，如图6-5所示，适合计算机在公开环境中使用 | 账号以数字显示，如图6-6所示。适合个人自用计算机，且个人计算机系统不常被他人使用 |
| "总是自动连接最快交易站点" | 自动连接最快交易站点 | 不自动连接最快交易站点，每次均以上一次登录站点进行登录 |
| "状态栏里不显示用户姓名" | 状态栏里不显示用户姓名。适合计算机在公开环境中使用 | 状态栏里显示用户姓名。适合个人自用计算机，每次均以同一账号登录，且个人计算机系统不常被他人使用 |

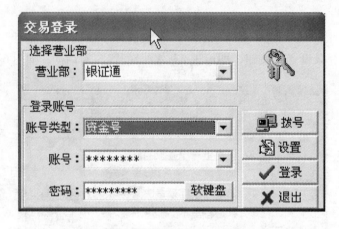

图 6-5　账号以＊号显示

图 6-6　账号以数字显示

## 二、登录账户

投资者通过电脑上网进行网上交易，需要先登录到开户的证券营业部。

登录指的是对股民身份进行验证。登录方式有以资金账号登录和以股东代码登录两种。以股东代码登录时客户需指定交易所，如图6-7所示。

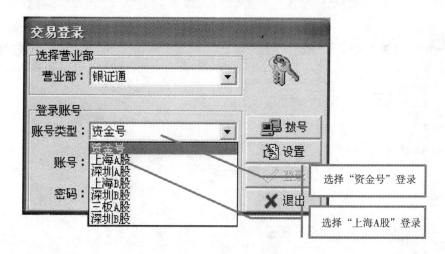

图 6-7　交易登录

点击账号类型后面的下拉框，出现账号类型选择，客户可根据自己的需要决定是选择"资金号"登录，还是以"上海A股"、"深圳A股"或其他选项登录。

在输入完必要的信息后，即可执行"登录"操作了。若身份检查没通过，系统会提示相应的信息，如"交易密码错"、"无此股东账号"等。

点击软键盘按钮，可出现数字键盘框，如图6-8所示。客户可以通过点击鼠标，输入账号或密码。

图 6-8　输入密码

### 三、锁屏功能

在交易系统中提供锁屏功能，主要是方便客户临时退出系统，短时间后再次进入系统进行交易，如图 6-9 所示。

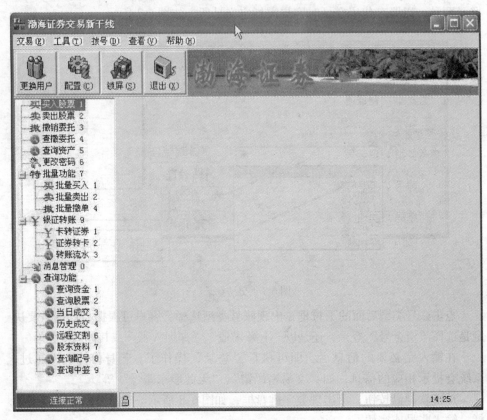

图 6-9　锁屏功能示意图

在此功能中，客户点击锁屏按钮，系统会最小化。点击还原时，只需输入交易密码即可，如图 6-10 所示。这样既方便了客户，可以不必每次都要输入账号，也使他人无法进入，保护了账户的安全。

此外，根据在证券交易系统中的设置，如果投资者在进入交易对话框后的几分钟内没有任何操作，那么系统会自动锁屏或退出。点击"配置（C）"按钮，即可出现配置对话框。

选择"安全设置"页签。如果在这里选择了"使用自动锁屏"功能，则系统会要求用户输入"自动锁屏保护注销时间"，系统默认选项为 5 分钟。那么 5 分钟后交易系统将自动进入锁屏保护状态。用户也可根据自己需要设置其他的时间长度，如图 6-11 所示。

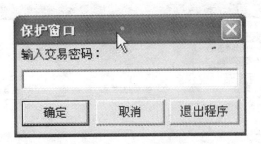

图 6-10 保护窗口

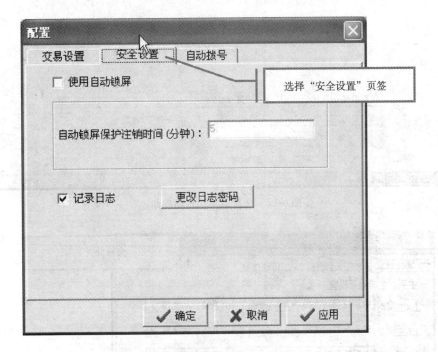

图 6-11 安全设置

# 第二节 委托买卖

用户登录进入系统后，可以看到系统界面，如图 6-9 所示。其中包括一些菜单设置及买入股票、卖出股票、查询等功能选项。用户也可根据自己的操作习惯，通过菜单设置中的"查看（V）"选项，将交易系统设置为热自助界面，如图 6-12 所示。

点击"交易设置"按钮，可以对委托买入及卖出的界面功能进行设置，如图 6-13 所示。

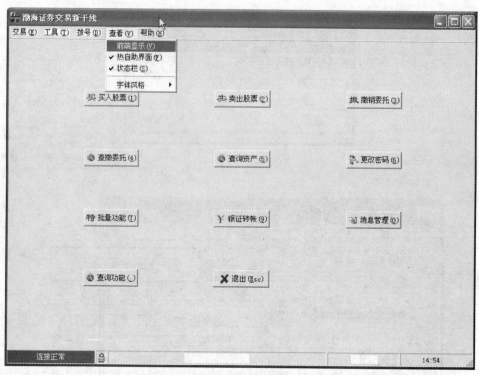

图 6-12　交易系统热自助界面

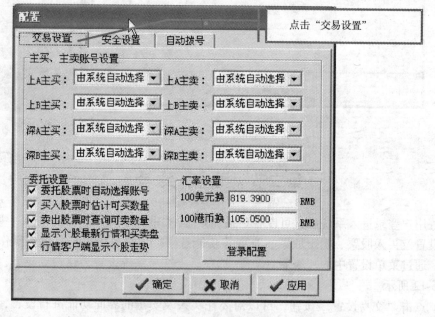

图 6-13　交易设置

点击"交易设置"页签，可以进行主买、主卖账号设置以及委托和汇率的
设置。其中，委托设置功能如表 6-2 所示。

表 6-2　委托设置功能

| 选　项 | 选　择 | 不　选　择 |
|---|---|---|
| "委托股票时自动选择账号" | 自动选择账号 | 不自动选择账号 |
| "买入股票时估计可买数量" | 在委托买入证券时，系统自动计算并提示用户当前资金可以购买的最多数量。其中通常已包括单边的手续费 | 在委托买入证券时，系统不会自动计算及提示用户当前资金可以购买的最多数量 |
| "卖出股票时查询可卖数量" | 在委托卖出证券时，系统自动查询并提示用户当前持有该证券的数量。实际委托卖出的数量应小于等于当前证券余额 | 在委托卖出证券时，系统不查询及提示用户当前持有该证券的数量 |
| "显示个股最新行情和买卖盘" | 用户输入证券代码后，交易系统显示当前买卖盘价格 | 用户输入证券代码后，交易系统不显示当前买卖盘价格 |
| "行情客户端显示个股走势" | 输入证券代码后，行情系统会自动跳转至该股当前的走势图状态 | 委托输入证券代码后，行情系统不会转至该股当前的走势图状态 |

## 一、买入股票

点击"买入股票1"，系统将弹出买入对话框，根据对话框提出的要求输入
委托股票代码、委托价格和委托数量，如图 6-14 所示。

一般情况下，网上委托系统将会按照当前价格提示用户，当然，用户也可以
自己确定其他价格。在单击"买入 F3"后，系统将弹出确认对话框，提示客户
确认此项委托。在用户确认后，系统会将此委托通过证券商发往沪、深证券交易
所。此外，点击"买入 F3"后，计算机会自动查询客户的账户中是否有足额资
金，如果资金余额不足，程序将提示用户"账户余额不足"，此笔委托将无法申
报。

## 二、卖出股票

点击"卖出股票2"，系统将弹出卖出对话框，根据对话框提出的要求输入
委托股票代码、委托价格和委托数量，如图 6-15 所示。

点击"卖出 F3"后，计算机会自动查询客户的账户中是否有足额股票，如
果股票余额不足，程序将提示用户"账户余额不足"，此笔委托将不能申报。

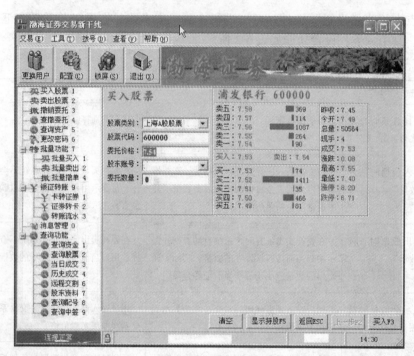

图 6-14 买入股票

图 6-15 卖出股票

### 三、撤销委托

撤销委托的范围仅限于用户已经申报到交易所但尚未成交的委托。对于未进行输入确认的委托，客户可以任意修改，再行确认。对已经申报并且成交的委托，因交易过程已被确认，所以客户无法撤销。对已经申报到交易所但尚未成交的委托，用户如需改变委托价格或数量，可以将此单在成交前撤回。

点击"撤销委托 3"，系统将弹出撤销对话框，根据对话框提出的要求输入需要撤销的委托号，即可将撤销委托的申请报送到沪、深交易所，如图 6-16 所示。

图 6-16　撤销委托

### 四、查撤委托

除输入委托号撤单外，系统还提供了一种简单的撤销方法，即点击"查撤委托 4"，系统将弹出对话框，其中可以查询当日已经委托的全部买入和卖出情况。用户可以选择其中需要撤回的委托，并点击，使其突出显示，然后点击"撤单 F3"，即可将撤销委托的申请报送到沪、深交易所，如图 6-17 所示。

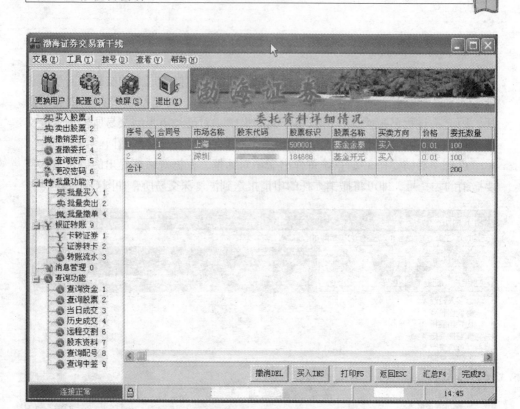

图 6-17　查撤委托

# 第三节　账 户 查 询

## 一、查询资产

点击"查询资产5"，系统将弹出对话框，如图 6-18 所示，客户可以通过这一功能查询个人账户中的证券余额、资金余额以及资产总值等。其中，资产总值中包含了目前账户中的资金余额和持仓股票按照当前市场价格计算出的价值。因此，此资产总值会随着市场中证券价格的波动而变化，仅能供客户参考，计算盈亏情况。

## 二、更改密码

考虑到网上交易的安全性，建议投资者注意保护交易密码，同时经常对交易密码进行修改、更换。任何一个网上交易系统均设有修改证券交易密码的选项。此选项主要用于修改客户在营业部的交易密码，在点击"更改密码6"后，出现修改密码的对话框，如图 6-19 所示，投资者可以在对话框中进行密码修改。

图 6-18 查询资产

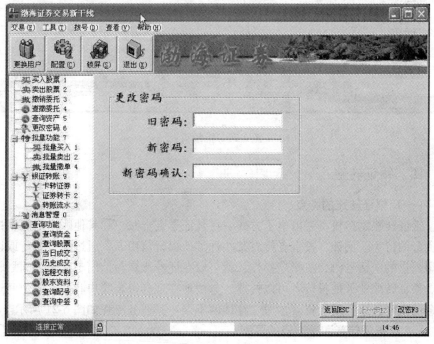

图 6-19 更改密码

### 三、批量功能

批量功能包括批量买入、批量卖出以及批量撤单。批量功能一般用于机构客户的多账号账户使用，即在同一资金账户中含有多个股东账户的情况。客户可以输入开始账号和委托笔数，其他输入方法与单账户委托相同，见图6-20。

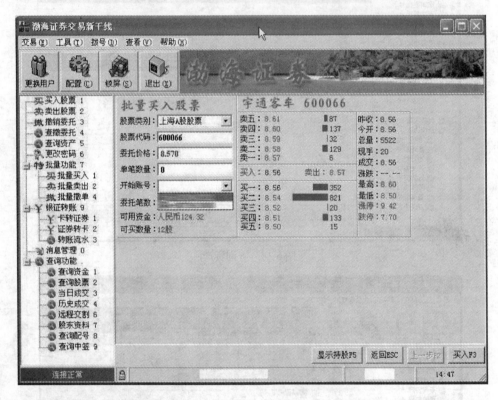

图 6-20　批量买入

### 四、银证转账

#### （一）银证转账的特点

银证转账是指投资者以电子方式，在其证券资金账户和其他账户之间直接划转资金的行为。例如，投资者持有某些种类的银行信用卡，通过拨打银行或证券公司提供的电话号码，按指令操作，就可以在证券账户与信用卡账户之间划转资金。银证转账业务使投资者可以快捷、方便地在证券资金账户和储蓄账户间进行资金的实时转账，使投资者炒股、存钱两不误。其业务流程如图6-21所示。

#### （二）银证转账和银证通的区别

"银证转账"和"银证通"都能省去到营业部存取现金的不便，不受地域限

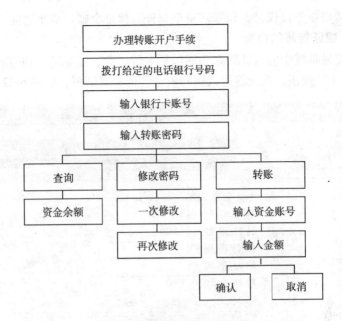

图 6-21　银证转账示意图

制，方便、快捷。但是作为两种不同的概念，二者在以下方面存有区别：

1. 资金结算处不同

使用银证通，投资者无需在证券商处开立资金账户，只需将资金存入银行账户便可进行证券委托买卖。

银证转账的资金既可存放在券商保证金账户内，也可存放在银行端，客户需通过银行端的转账电话进行资金划转。

2. 开户方式不同

银证通开户手续直接在银行办理。初次开户者需持身份证、股东卡、银行借记卡到银行办理开户手续。非初次开户者需到原开户营业部销户（上海撤销指定交易、深圳转托管）后到银行办理开户手续。

银证转账在营业部开立资金账户的基础上，凭身份证、股东卡、资金卡、银行借记卡到开户营业部办理银证转账手续，凭回单到银行确认即可开通。

3. 委托方式不同

银证通属于非现场交易，可通过东方证券提供的网上交易、电话委托、手机证券等委托方式。

银证转账除非现场交易提供的委托方式外，客户还可选择现场交易，进行营业部柜面委托、热自助委托。

4. 业务内容不同

银证通可以提供包括证券买卖、证券资金结算、分红派息等证券服务。

银证转账业务仅仅是银行账户资金与证券保证金账户资金之间的划转。

**（三）银证转账的功能**

网上交易系统中的银证转账功能包括卡转证券、证券转卡和转账流水。点击"卡转证券1"按钮，系统将进入银行资金转证券对话框，如图6-22所示。

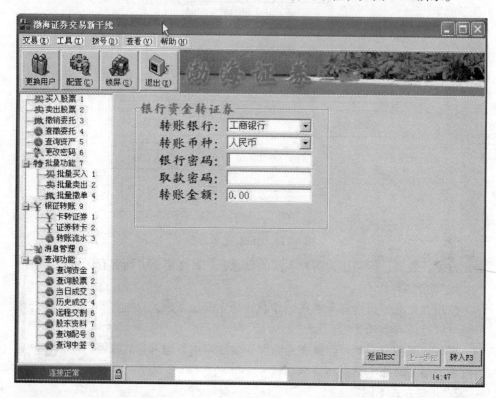

图6-22　银证转账

卡转证券是指客户将银行卡中的资金划转到证券账户中以方便买入股票等。在程序中，客户可以选择转账银行和转账币种等，然后输入银行密码和转账金额，然后点击"转入F3"按钮，即可完成资金转入证券账户的操作。根据目前市场情况，此操作大部分只能在券商营业时间完成，而不支持在非工作时间的操作。

证券转卡是指客户将证券账户中的资金划转到银行卡中。在此需要强调的是，由于目前我国证券市场实行的是 $T+1$ 交易，即当日委托卖出证券的资金不可以当日取款，但可以用于当日再委托买入证券，因此客户当日委托卖出证券的资金是不允许当日划转到银行的。

转账流水是用于客户查询本账户已经发生的每一笔转账业务的汇总情况。客户也可能用打印机将已查询的流水情况打印出来。

### 五、查询功能

点击"查询功能"前的方框，可将查询功能菜单展开，其中包括"查询资金"、"查询股票"、"当日成交"、"历史成交"、"远程交割"、"股东资料"和"查询配号"等几个选项。

#### 1. 查询资金

该功能用于客户查询个人账户中的资金余额，如图6-23所示。其中，当客户当日有委托买入证券后，账户内的资金是处于冻结状态的。同样，当客户当日有委托卖出时，账户中的资金也是处于冻结状态的，禁止客户取款。当日委托买卖的资金会在收市后，由券商在与交易所进行清算完成后，才会解除冻结状态。

图6-23 查询资金

所谓清算，是指交易完成后，证券公司与证券交易所、证券登记结算公司对当天的交易进行对账。证券登记结算公司于交易当天按净额清算原则，对同一会员交易当天的全部买卖进行汇总清算，计算出各会员应收、应付证券或款项的净额，完成清算过程。通过清算过程，使买方得到证券、卖方收到款项。证券公司与登记结算公司完成清算交收后，再与投资者进行清算交收。

2. 查询股票

该功能选项用于客户查询其所持有股票余额。点击"查询股票2"即可查询当前持股情况，如图6-24所示。

图6-24 查询股票

其中需要说明的是，由于我国证券市场实行的是 $T+1$ 的交收制度，因此客户当日买入的股票和当日卖出的股票均处于冻结状态，因此，客户的股票账户余额中既包括当日委托已经卖出的股票，也包括委托买入的股票。同样的道理，当日买入的股票当日不可以卖出，但是当日卖出股票的资金可以用于再购入股票，但是不能支取。

3. 当日成交和历史成交

这两项功能选项是方便客户查询成交记录的。当日成交是指客户当日委托买入或卖出股票的已经在交易所主机中撮合成功的记录。其中不含已经申报到交易所，但是未撮合成功的委托。当日如果客户进行了委托，并且在未成交之前已将委托撤回，那么客户也会产生成交记录，并且其状态显示为"已撤"。"历史成交"用于客户查询在当日成交之前成交的记录。

4. 远程交割

这是用于客户通过网上交易委托系统打印交割单的功能选项。

5. 股东资料

这是用于客户查询本人账户状态的功能选项。通过这一选项，客户可以很方便地查询账户中的沪、深股东账号以及指定的交易状况等，如图 6-25 所示。

图 6-25　股东资料

6. 查询配号和查询中签

目前证券市场新股申购采用的是"向二级市场投资者配售新股"的发行方式。向二级市场投资者配售新股，是指在新股发行时，将一定比例的新股由上网公开发行改为向二级市场投资者配售，投资者根据其持有上市流通证券的市值和折算的申购限量，自愿申购新股。

投资者每持有上市流通证券市值 10000 元，限申购新股 1000 股，申购新股的数量应为 1000 股的整数倍，投资者持有上市流通证券市值不足 10000 元的部分，不赋予申购权；每一股票账户最高申购量不得超过发行公司公开发行总量的千分之一；每一股票账户只能申购一次，重复的申购视为无效申购。

投资者申购新股时，无需预先缴纳申购款，但申购一经确认，不得撤销。证券交易所负责确认投资者的有效申购，并对超额申购、重复申购等无效申购予以剔除。

证券投资基金按现行有关规定优先配售新股后，不再按其持有上市流通证券的市值配售新股。中签的投资者认购新股应缴纳的股款，由证券营业部直接从其资金账户中扣缴。

因投资者认购资金不足，不能认购的新股，视同放弃认购，由主承销商包销，证券营业部或其他投资者不得代为认购。

有效申购量确认后，按以下办法配售新股：

（1）当有效申购总量等于拟向二级市场投资者配售的总量时，按投资者的实际申购量配售。

（2）当有效申购总量小于拟向二级市场投资者配售的总量时，按投资者实际申购量配售后，余额按照承销协议由承销商包销。

（3）当有效申购总量大于拟向二级市场投资者配售的总量时，证券交易所按1000股有效申购量配一个号的规则，对有效申购量连续配号。主承销商组织摇号抽签，投资者每中签一个号配售新股1000股。

向二级市场投资者配售新股的操作程序如下：

（1）$T-2$ 刊登招股书概要。发行公司披露新股发行价格、发行方式和拟上市证券交易所。发行公司拟上市证券交易所根据前一个交易日的收盘价，统计各投资者持有本所上市流通证券的市值。

（2）$T-1$ 刊登发行公告。说明按规定向证券投资基金优先配售后，拟向二级市场投资者配售及上网公开发行新股的数量。证券交易所计算各投资者可申购新股的数量。

（3）$T+0$ 自愿申购。投资者按照其可申购新股的数量，自主委托申购新股。证券交易所确认有效申购，剔除无效申购，并按有效申购量连续配号后，将配号结果传输给各证券营业部。

（4）$T+1$ 摇号抽签。证券营业部在交易场所的显著位置向投资者公布配号结果。主承销商在中国证监会指定报纸上公布中签率，并在公证机关的监督下组织摇号抽签。证券交易所将中签号码分别传送给登记公司和证券营业部。

（5）$T+2$ 公布中签结果。证券营业部在交易场所的显著位置张贴中签结果公告。主承销商在中国证监会指定报纸上公布抽签结果。

（6）$T+3$ 收缴股款。各证券营业部向中签投资者收取新股认购款，将股款集中划入证券交易所的指定账户，并将投资者认购新股的明细数据报证券交易所。

（7）$T+4$ 交割。证券交易所登记公司进行清算交割和股东登记，并将募集资金划入主承销商指定的账户。投资者放弃认购的新股，由主承销商包销。

（8）$T+5$ 划款。承销商将募集资金划入发行公司指定账户。

查询配号用于客户在有效申购的基础上，查询交易所分配给本账户的配售编号，如图 6-26 所示。用户只需输入股票配售代码，即可查询到分配到个人账户中的配号。由于交易所采用连续配号方法，因此客户在查询配号时，通常只得到一个号码。其余号码顺延。例如，某客户原有证券市值 53000 元，参加了某只股票向二级市场投资者配售的新股申购过程。按照配售规定，该客户可以有效申购 5000 股。由于每 1000 股分配给一个配号，因此交易所应配给该客户 5 个配号。假设交易所分配给该客户的配号为 11111111111，则该客户的实际配号为末位数为 1、2、3、4、5 的 5 个连续编号。

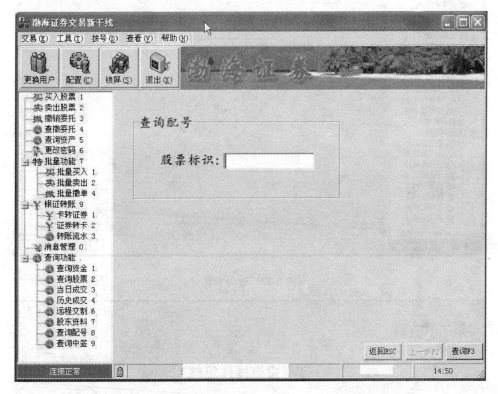

图 6-26　查询配号

查询中签是用于客户查询已参与的向二级市场投资者配售新股是否中签的功能选项，如图 6-27 所示。输入查询的起始日期即可查询到在这一段时间内有无中签股票。

通常情况下，客户需在参与市值配售号及时查询账户情况。由于 $T+3$ 日各证券营业部应向中签投资者收取新股认购款，同时需将股款集中划入证券交易所的指定账户，并将投资者认购新股的明细数据报证券交易所。另一方面，因投资者认购资金不足，不能认购的新股，视同放弃认购，证券营业部或其他投资者不得代为认购。因此客户一旦发现所配售的新股中签，并且愿意认购新股，则应保证账户内的资金足以购买新股；否则视为放弃。

图 6-27　查询中签

### 证券投资操作策略

**一、短线操作五要点**

（1）进出位置确定好。设好止损位和止盈位，短线被套后不要期望有解套的机会，短线票最多在手里 2~3 天。如果套住，就第二天开盘出局，跌 3% 止损。

（2）三十六计走为上计。卖点很重要，期望不要太高，心不要太贪。短线有 5% 左右利润就要出局。

（3）吃饭要到七成饱。不要满仓操作。把资金分为 3 份，25% 的做短线操作，50% 的做中线操作，25% 的做长线操作。

（4）风云莫测保平安。股市无常胜将军，要把握好第一时间的买卖点。涨停的股票第二天在 5% 左右就出局；封一字板的打开缺口就出货。

（5）独立思考最重要。无论是谁推荐的股票，都要靠自己去把握，这样才能拥有自己的感觉。感觉是股市操作的灵性。

## 二、买进后被套怎么办？

（1）具体操作上，既然已经被套，损失已成必然，不必怨天尤人，痛心疾首。

（2）如果还有足够的资金（相当于持股市值），可以等待探底结束，补仓摊低成本。

（3）如果重仓或者满仓，建议减仓，但不要清仓，降低损失，等待低位回补。

（4）有些股票最无奈也是最简单的办法，就是不惧套牢，长线持有。可能这只股票（如中石油）本来就应该是长线品种，想在短线发财，不可能。

## 三、信心 + 细心 + 灵感 + 分析 = 盈利

（1）世上没有股神股仙，一切唯有依靠自己。要有耐心和毅力。

（2）要想得心应手地操盘，就需要长时间地看盘、复盘、研究资料、总结心得。不是本事不够，是功夫不够。

（3）灵感闪现的时候，一定不能让它一闪而过。一定要抓住，用笔记下来，要根据灵感展开深入分析。

（4）兴趣是最好的启蒙老师。有了兴趣，还要保持持久的爱业、敬业精神，这样才能拥有超凡脱俗的收获。

（5）没有十足的自信就不买入。如果买入，买入之前，至少应给自己开列 5 ~ 10 条买入的技术面、基本面的理由，先让自己信服。

（6）在不可能亏钱的时机下手买入，然后等待"敌人"可以被我战胜的机会。

（7）安全的地方，要敢于加仓，像狮子一样大开口，像鲸鱼一样吃小虾。

（8）危险的地方，要严于自制，决不"火中取栗"，决不"刀口舔血"。如即将退市的股不碰为妙。

（9）多空争执、形势不明的时候，你的手里一定要有资金的"预备队"，不宜满仓。

（10）风险来临，确认需要虎口逃生的时候，要有壮士断腕的勇气。

（11）炒股要讲戒律。不要把长线做成短线，短线做成中长线。事先确定的止损位一定要执行。

（12）多做侠客而少做刀客。做短线的人，好比打打杀杀的"刀客"，难免伤痕累累；做大行情的人（做波段），一般不出手，一旦出手则"一剑封喉"，剑峰所指所向披靡。

（13）完美的人格，成就完美的业绩。成功的投资人，要有政治家的头脑、经济学家的睿智、银行家的精明、投资家的果敢、军事家的胆魄和决断。

（14）任凭风浪起，稳坐钓鱼台。切忌：不借钱炒股，不盲目投资，不与人攀比。

（15）进入股市需要独善其身，自我修炼。

# 第七章　证券投资模拟

## 第一节　建立模拟账户

### 一、模拟交易的概念

　　证券投资是一项高风险的投资项目。在行情高涨时，由于投资者持有的证券品种二级市场交易价格的持续飙升，投资者的资金账户内的资产市值也不断上升，每个投资者的喜悦溢于言表。一旦上涨行情结束，伴之而来的则是冷酷的调整行情，大盘及个股以猛烈的下跌宣告调整行情的开始，投资者如果不能及时果断地斩仓出局，则必然要长期忍受高度套牢的煎熬，资产总值将严重缩水。因此，在决定参与证券市场投资之前，自己要了解证券市场的交易规则和各个交易品种的交易特点，培养行情判断能力，不断提高自身的投资素质，做到在对证券投资市场比较熟悉的情况下再正式投身于其中。这是非常必要的。

　　投资者在没有正式参与证券投资，没有亲身体验的情况下，怎样才能达到上述要求呢？答案很简单，通过模拟网上证券交易即可得到全面的证券投资体验。

　　何谓"模拟网上证券交易"呢？即各证券公司网站或专业证券咨询类网站上开辟的单独模块。投资者可以通过登录相关网站，点击模拟交易，并申请注册后即可利用虚拟的资金自由交易。模拟交易与实时行情同步，交易规则完全遵照实时行情的交易规则，委托下单成交与否完全根据实时行情的实时买卖盘数量，自动计算模拟交易的浮动盈亏情况。通过模拟交易，投资者可以不断提高自身的证券投资技能和素质，做到在比较熟悉证券投资市场后，再进行实际交易。

## 二、注册账户

以"证券之星"为例，首先登录证券之星网站（www. stockstar. com），如图7-1 所示。

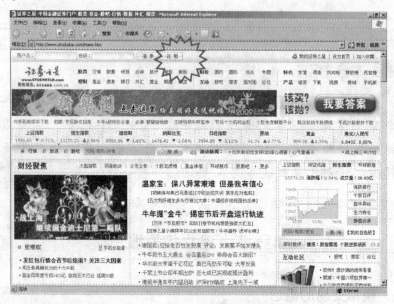

图 7-1　登录证券之星网站

点击图 7-1 中的"注册"，如图 7-2 所示，进行注册。

图 7-2　注册

填写相应的信息，如图 7-3 所示，点击"注册"。

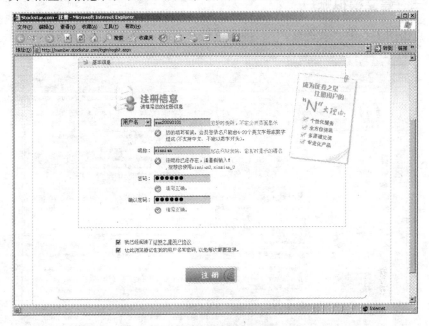

图 7-3 填写相应的信息

信息填写无误，点击"注册"后，即显示"注册成功"，如图 7-4 所示。

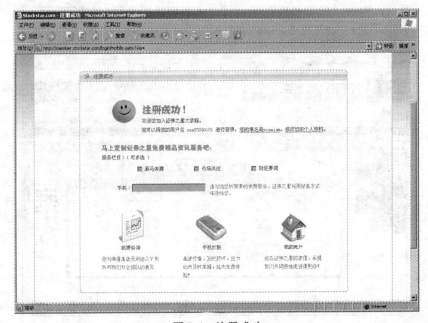

图 7-4 注册成功

### 三、建立模拟账户

点击图 7-4 中"我的账户"，即可进入"我的证券之星"，如图 7-5 所示。

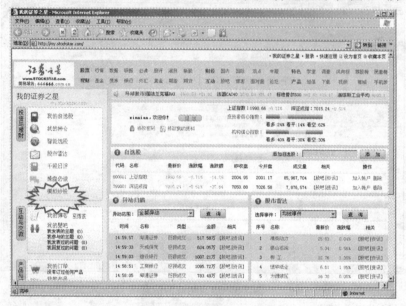

图 7-5　我的证券之星页面

回首页，点击"模拟炒股"后，即进入模拟炒股页面，如图 7-6 所示。

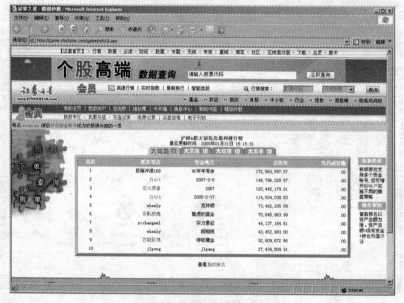

图 7-6　进入模拟炒股页面

进入模拟炒股页面后,按照提示,点击"开设资金账号",并填入资金账号名称,如图 7-7、图 7-8 所示。

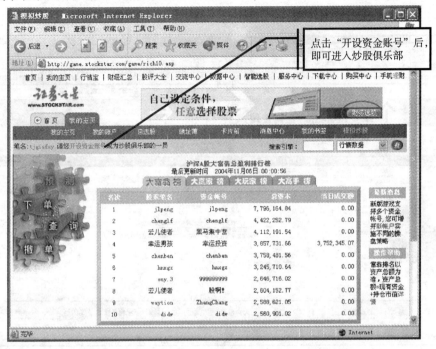

图 7-7　开设资金账号

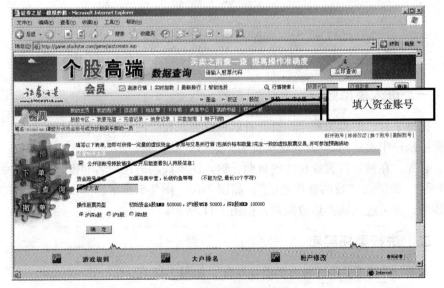

图 7-8　填入资金账号名称

填入资金账号后，点击"确定"，如操作无误，系统即发出"操作成功"的提示。其资金账户中，可获得50万元的虚拟资金，如图7-9所示。

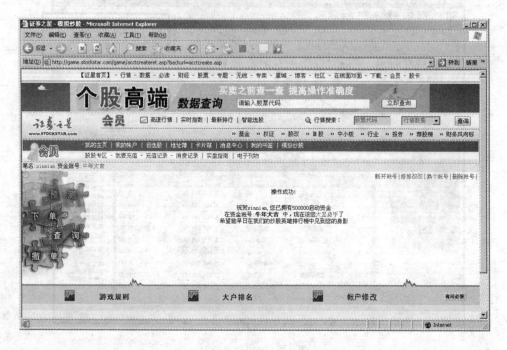

图7-9　获得资金账户

## 第二节　模　拟　交　易

### 一、进入模拟账户

拥有了自己的模拟账户，投资者就可以登录相关网站进入模拟炒股模块，利用模拟账户中给定的50万元虚拟资金，进行证券交易。

首先，在网站首页或相应的页面，输入注册成功的用户名和密码，然后点击"登录"，即进入"我的证券之星"，如图7-10、图7-5所示。点击图7-5中的模拟炒股，即可进入模拟炒股账户，如图7-11所示。

### 二、进行委托买卖

点击"下单"，进行股票的委托买卖，如图7-12所示。

如点击"买"，即可进行"委托买入"操作，如图7-13所示。

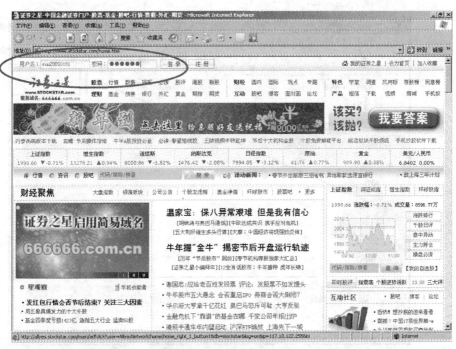

图 7-10 输入用户名及密码

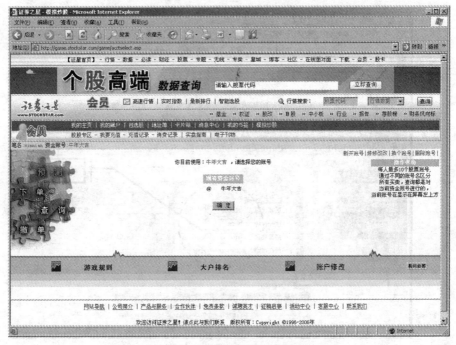

图 7-11 进入模拟炒股账户

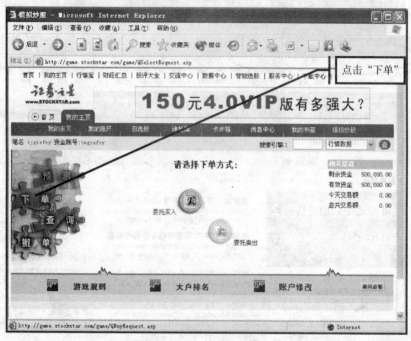

图 7-12  委托买卖

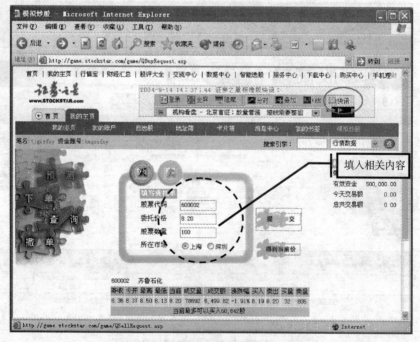

图 7-13  委托买入

　　填入相关内容后，点击"提交"，即可得到"委托买入提交成功"和此笔委托的合同编号等相应提示，如图7-14所示。

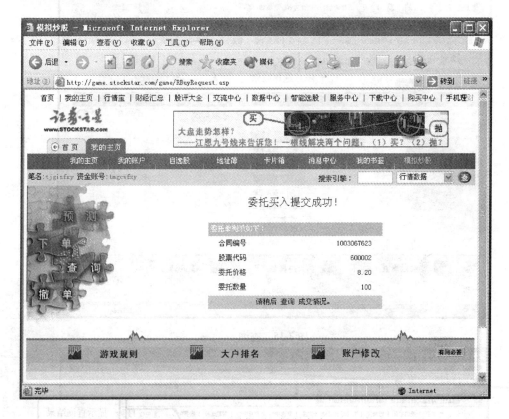

图7-14　委托买入提交成功

## 三、相关内容操作

　　点击"查询"，即可对"资金余额"、"股票余额"、"成交回报"、"委托记录"等进行相应的查询，如图7-15所示。

　　点击图7-15中的"委托记录"，即可得到该项内容的查询结果，如图7-16所示。

　　如果在尚未成交之前准备撤销委托报单，可点击"撤单"，撤销相应的委托，如图7-17所示。

　　通过同样的方式，也可以对账户中的资金余额进行查询，如图7-18所示。

　　以上介绍的只是证券模拟账户各项功能的基本演示，其证券交易操作流程在本书第六章网上委托交易中已有较详细的介绍，此处不再赘述。进行模拟操作时，参考相关章节内容进行就可以了。

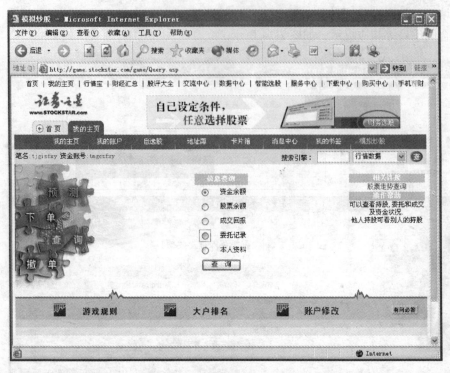

图 7-15　查询

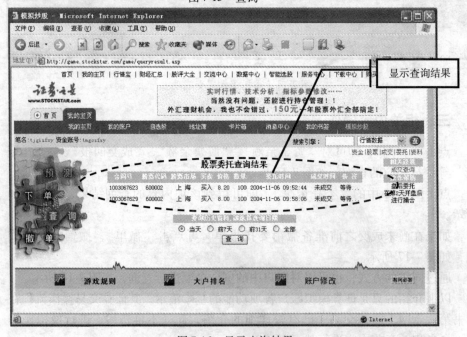

图 7-16　显示查询结果

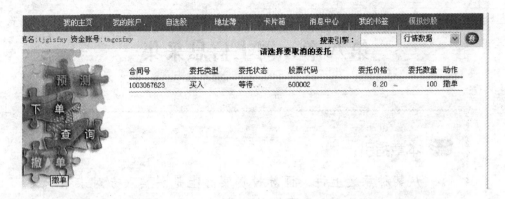

图 7-17　撤单

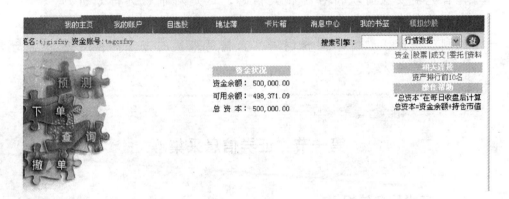

图 7-18　资金状况查询

# 第八章 网上信息采集

> **本章指引：**
>
> 　　从某种意义上讲，证券投资实际上是买卖双方对未来市场走向的一种判断和预测的博弈过程。对于投资者来说，首先需要及时获得各种相关信息，这是对市场进行分析判断的基本前提。在这方面，互联网为我们提供了极大的便利。因此，熟练掌握和运用网上信息采集的方法，将会使我们受益无穷。

## 第一节　证券信息采集

### 一、证券信息捕捉

证券市场同时也是一个信息市场，大至国家的大政方针、宏观经济政策，小至个别上市公司经营业绩的急剧变化，均会对证券市场产生不同的影响。配合大盘的变化（见图8-1），及时捕捉各种与证券市场相关的信息，并对之加以客观理性的分析，判断其对证券市场会产生何种影响，以此来指导自己的证券投资策略，是投资者搜集证券信息的首要目的。

### 二、网上信息分类

捕捉互联网上的证券信息，首先要了解互联网上与证券市场相关的信息种类。目前，互联网上提供的与证券市场相关的信息多种多样。例如，登录"东方财富网——股票频道"页面，即可浏览到大量的相关信息，如图8-2所示。

以下就网上的主要内容进行介绍：

（1）每日财经信息：包括管理层公布的各种与证券市场密切相关的宏观经济政策、市场规则等。

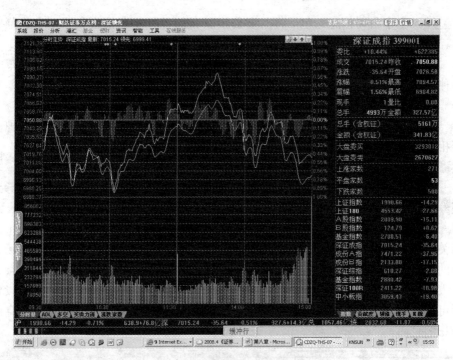

图 8-1 2009 年 1 月 23 日深证成指

图 8-2 东方财富网——股票频道页面

（2）上市公司信息：包括各上市公司发布的各种定期报告和股东会、董事会、监事会等会议决议，以及各种临时性重大事项报告。

（3）每日公告信息：包括上海、深圳证券交易所通过卫星传输系统发布的各种信息公告。

（4）行情走势分析：包括大盘指数及个股。

（5）基金信息：因2002年以来开放式证券投资基金的高速扩容，与各种基金相关的信息也单独成为一项信息内容。

（6）统计数据：包括上市公司统计数据、行情统计数据等。

（7）研究报告：包括宏观经济、产业、行业分析、公司研究、基金研究、债券研究等。

除了以上在互联网上可以获得的各种信息外，还有一种非正式的与证券市场相关的信息，以及各种市场传闻，对市场的走势起着推波助澜的作用。对市场有利的传闻有时能够推动大盘或个股强劲上涨，而对市场不利的传闻，有时则会带动大盘或个股出现猛烈的下跌行情。市场传闻一般在各种股市论坛上传播，投资者可以通过浏览某一股市论坛获得。图8-3为著名财经资讯网站——东方财富网论坛的页面。

图8-3 东方财富网论坛页面

通过图 8-3 可以看到，浏览各种股市论坛，可以取得各种关于大势或个股的传闻信息。证券市场信息既然是通过互联网传播的，那么通过哪些网站可获得证券市场信息呢？

一般来说，刊载证券市场信息的网站均为各种财经证券类网站，主要可以分为以下几类：

（1）证券公司开设的证券资讯网站，如渤海证券、海通证券、国泰君安证券、国信证券、青海证券、华夏证券、银河证券等。

（2）由金融财经类专业网络公司开设的证券资讯网站，如和讯、金融街等。

（3）证券投资咨询公司开设的财经类网站，如新兰德、山东神光等。

（4）三大证券新闻媒体开设的网站，包括《证券时报》、《上海证券报》、《中国证券报》的网站。

（5）综合性、专业类财经网站，如中国证券网、中国国债网、中国基金网等。

（6）证券监督、管理机构网站，如中国证监会、中国证券业协会、沪深证券交易所的网站。

另外，新浪和搜狐作为我国两大著名的门户网站，其财经栏目上的各种证券信息也非常及时、全面。

由于不同的网站面向不同类别的证券投资者，因此各网站对各种证券信息的刊载种类也不完全一致，各网站的栏目板块和特色也各不相同。例如，管理机关网站侧重于宏观经济信息、相关政策、规则、制度的发布和市场数据的统计等；券商资讯网站则侧重于面向在本公司各营业部进行证券交易的各类投资者开辟业务知识介绍专栏、客户服务类栏目，介绍本公司的各类研究成果等；其他类别网站也各具特色。但一个共同的特点是，管理层发布的关于证券市场的经济政策、规则等重大事项，各网站一般均在网站首页显著位置转载。

## 第二节　信息搜索方法

### 一、信息快速浏览

投资者登录资讯网站主页面后，就可以浏览、搜集证券信息了。先浏览主页面的各项内容，如果查找到需要的相关信息，用鼠标左键单击标题后即可进入详细内容页面。如果主页面没有需要的相关信息，可以点击主页面信息区内每个栏目中的"更多"提示词，进一步查找。或者单击主页面导航栏中的每个主目录，进入下一级目录进行进一步查询。

以东方财富网为例，登录后在渤海证券资讯网站浏览到"中欧携手应对金融危机"这一信息，我们就可以单击该题目，如图 8-4 所示。

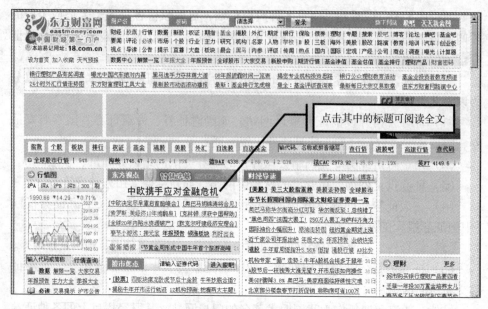

图 8-4　相关信息浏览

点击题目，即可详细阅读该文了，如图 8-5 所示。

图 8-5　相关信息全文

投资者还可以通过点击页面上的分类目录，进入相应页面信息。例如，点击"新浪财经"的"股票"（见图 8-6），则可直接进入相关页面，详细浏览各项信息，如图 8-7 所示。

图 8-6　新浪财经页面

图 8-7　新浪财经-股票页面

## 二、登录专业网站

投资者如果希望查询某一类项目的专门信息，除了在一般财经网站查找浏览外，还可以登录该项目的专业网站。如果投资者需要专门查询关于上市公司的信息，可以专门登录中国上市公司咨询网。在 IE 浏览器地址栏中输入 http：//

www.cnlist.com，按回车键，即可登录中国上市公司资讯网浏览信息，如图8-8所示。

图 8-8　中国上市公司资讯网页面

点击主页面中的"基本资料"后，即可进入上市公司资讯专页，如图8-9所示。

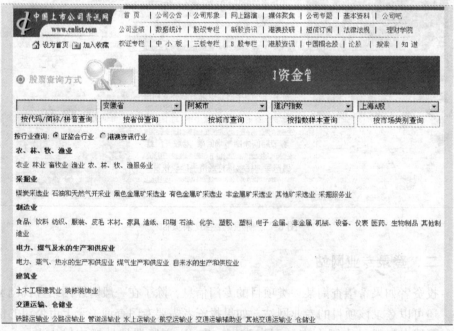

图 8-9　上市公司资讯页面

进入该专页后，投资者可以通过多种渠道进行有关上市公司的信息查询。既可以按股票代码、简称、拼音查询，也可以按省份、城市、指数样本、市场类别查询，还可以按行业类别等进行查询。例如，按股票名称查询"深发展"，可在"按代码/简称/拼音查询"框内输入"深发展"，如图 8-10 所示。

图 8-10　按股票名称或代码查询

按回车键后，即出现如下查询结果提示画面，如图 8-11 所示。

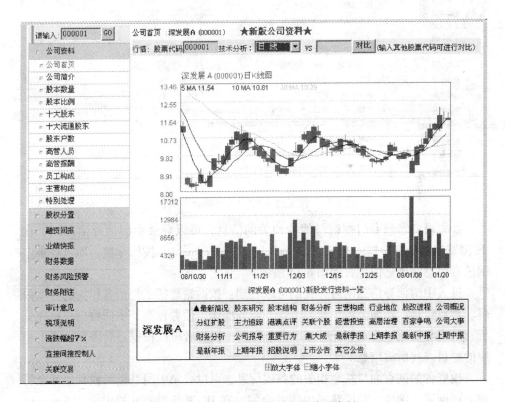

图 8-11　深发展 A（000001）的公司资料

由图 8-11 可以看到，页面中包括了"深发展 A"各方面的详细资料。通过点击有关项目，可以非常全面、准确、翔实，极为方便、快捷地查询该上市公司的各项资料。例如，点击"公司简介"，则进入深发展的详细公司资料页面，如图 8-12 所示。

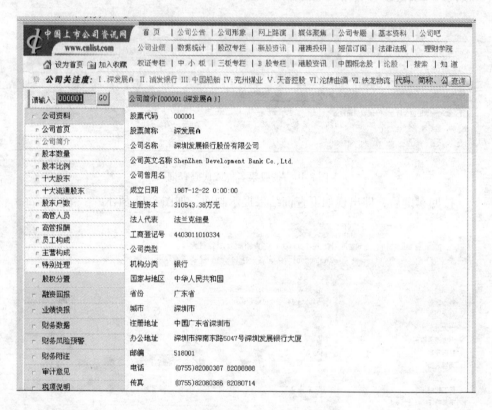

图 8-12 深发展 A 的"公司简介"页面

如果投资者想专门查询与债券相关的信息，可以登录中国债券信息网，在 IE 浏览器地址栏中输入 http：//www.chinabond.com.cn，按回车键，即可登录中国债券信息网浏览信息，如图 8-13 所示。

进入中国债券信息网后，我们可以看到：该网站囊括了与债券相关的各项内容。栏目包括：新闻公告、债券市场、业务操作、债券种类、中债数据、研究分析、培训与交流、公司概况等多种信息资料。投资者可以根据自身需要，点击相应的栏目查找所需信息。

投资者如欲查询与基金相关的各项信息，可以登录中国基金网或其他基金管理公司网站。例如，我们登录中国基金网，在 IE 浏览器地址栏中输入 http：//www.cnfund.cn，按回车键，即可登录中国基金网浏览信息，如图 8-14 所示。

图 8-13　中国债券信息网页面

图 8-14　中国基金网页面

## 三、使用搜索引擎

如果投资者需要查询某类信息，但在互联网上查询不到该怎么办呢？为此，每个网站上都提供强大的信息检索功能，"信息检索"栏将帮助你。

　　一般网站均开辟有搜索功能，信息检索可以分为关键字检索和条件检索。如中国经济信息网主页面的搜索引擎为关键词信息搜索，中国证券网搜索引擎为条件搜索，如图 8-15、图 8-16 所示。

图 8-15　中国经济信息网关键词信息搜索

图 8-16　中国证券网条件搜索

1. 关键词搜索

在文本框中输入你想要查询的文字，例如，查询上市公司"深发展"，直接在文本框内输入"深发展"三个字，点击查询后，网站将按日期排序与"深发展"三个字有关的信息，你可以通过点击方式浏览。

2. 条件搜索

网站提供的条件检索方法可检索一个时间段内网站所有的某一类别信息，一般会提供检索范围和检索时间的选择。例如，在中国证券网搜索"2008年报"，范围选择"全部网页"后，网站将搜索到的相关信息展现在界面中，可以翻屏点击浏览，如图8-17所示。

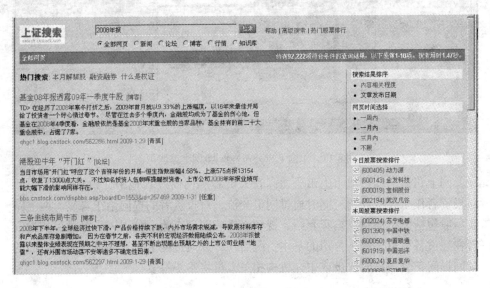

图 8-17　相关界面显示

## 四、关注网上路演

近年以来，网上路演成为上市公司进行新股发行、增发等业务推介活动采取的重要形式。所谓网上路演，是指上市公司等业务主体充分利用互联网的特点，在网站上采取网上互动交流的方式进行的业务推介活动。

网上路演、网上直播是《证券时报》全景网络中国网上路演中心首创的网上互动和新闻发布模式。近年来，中国证券网等均推出了网上路演。网上路演刚推出时主要是配合拟公开发行股票的上市公司进行新股推介活动。现在网上路演已由最初的新股推介逐渐演绎为上市公司的业绩推介、产品推介、上市抽签、上市仪式直播、重大事件实时报道等多种形式。图8-18是"中国上市公司咨询网"中的"网上路演"页面。

图 8-18    中国上市公司咨询网-网上路演页面

网上路演活动一般由上市公司高管人员和承销商及其他中介机构代表参加，向投资者作全方位介绍，同时通过网上交流，对投资者的提问给予答复。网上路演一般包括发行信息、嘉宾介绍、视频直播、网上交流、公司风采等栏目。投资者在通过各栏目了解了公司的基本情况后，可以通过网上交流栏目就公司方面的疑问提问，公司高管人员或中介机构相关人员将给予答复。

## 第三节    资讯网站的收藏

### 一、创建收藏文件夹

通过前面的内容我们可以看到，财经资讯类网站众多，投资者如何能够迅速地查找自己要浏览的站点呢？下面介绍两种浏览选定站点的方法，将各类站点归入浏览器"收藏夹"中。

投资者首先要收集各类财经信息资讯的网址，了解各网站的自身特色，根据自身的需要将网站进行相应的归类。例如，将行情分析类网站归为一类，将官方网站归为一类，将专业网站归为一类，等等。

其次，在 IE 浏览器"收藏夹"中建立相应的不同类别的文件夹。方法为打开浏览器，点击网页上方的"收藏"按钮，在下拉菜单中选择"整理收藏夹"，如图 8-19 所示。

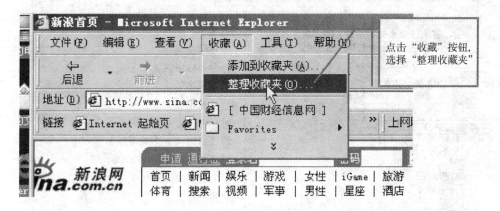

图 8-19 点击"整理收藏夹"

在随后出现的"整理收藏夹"界面中点击"创建文件夹",如图 8-20 所示。

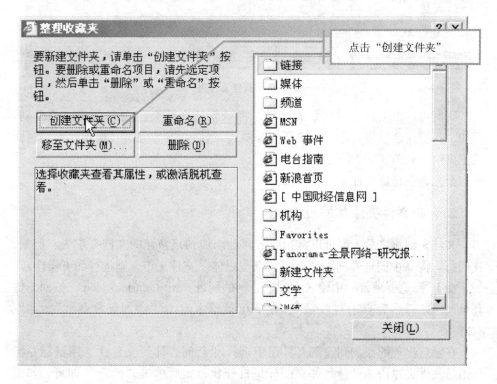

图 8-20 进入整理收藏夹

点击"创建文件夹"后,在"整理收藏夹"界面右面已建文件夹目录最下方出现一个名称为"新建文件夹"的新文件夹,如图 8-21 所示。

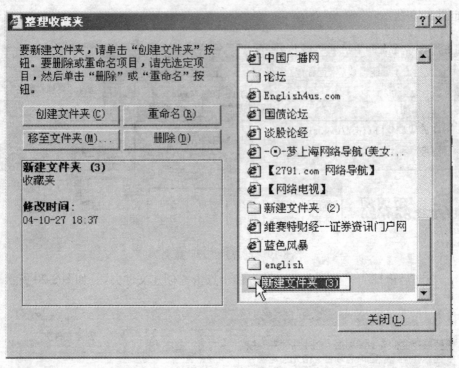

图 8-21　新建文件夹

我们可以根据自己对网站的归类，将"新建文件夹"命名为相应的类别。例如，我们在这里将其命名为"新闻媒体"，然后点击"关闭"按钮，自动返回到主页面，如图 8-22 所示。

至此，创建新文件夹的任务就完成了。

## 二、向文件夹添加网址

文件夹创建之后，就可以将相应的网址添加到该新建的文件夹中去。例如，我们打算将"中国证券网"添加到"新闻媒体"文件夹中，则进行如下操作：

在 IE 浏览器地址栏中输入中国证券网的网址：www. cnstock. com，按回车键登录该网站。然后点击"收藏"，在下拉菜单中点击"添加到收藏夹"，如图 8-23 所示。

在随后出现的添加到收藏夹界面中选择"新闻媒体"文件夹。用鼠标左键单击后文件夹左边的黄色文件夹图标呈打开状，然后单击"确定"即可，如图 8-24 所示。

至此，我们就完成了将中国证券网网址添加到 IE 浏览器收藏夹中这一工作。完成后我们可以通过以下方法检查是否真正将中国证券网网址添加到了"新闻

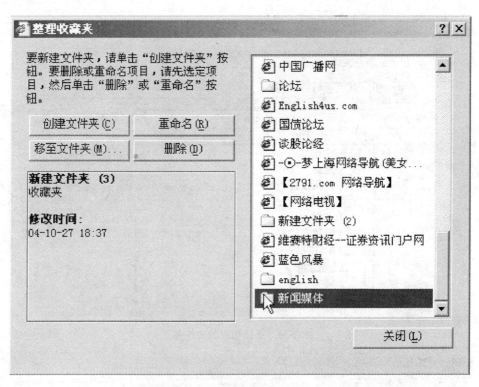

图 8-22　建成"新闻媒体"文件夹

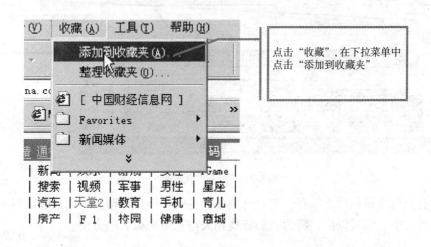

图 8-23　将有关网站添加到收藏夹

媒体"文件夹中。点击浏览器上面的"收藏（A）",在出现的下拉菜单中,将鼠标指针指向"新闻媒体"后看到,在文件夹"新闻媒体"右面自动弹出中国证券网的名称,如图 8-25 所示。

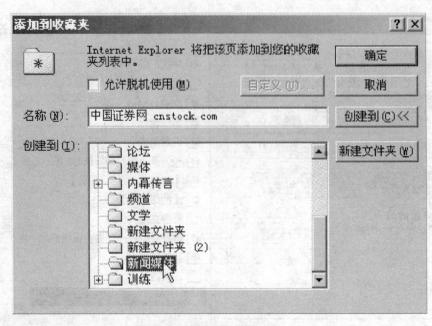

图 8-24　选择相应的文件夹

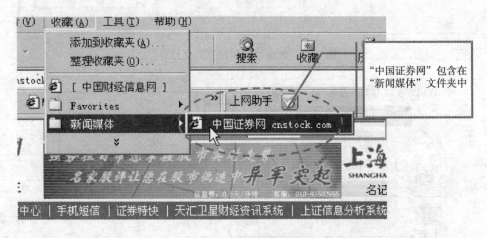

图 8-25　收藏结果查询

　　我们可以根据以上步骤，将自己收集的各类财经证券信息类网址收藏到不同的文件夹中。完成以后，将为我们查找相关信息带来极大的方便。

### 三、设定 IE 浏览器首页

　　将自己搜集的财经证券信息网站汇总到一个页面，一打开浏览器，这个页面就出现在浏览器上，想选择哪个网站就轻轻一点，即可进入该站点首页。例如，我们计划做一个表格样式的页面，如图 8-26 所示。

| 证券监督管理机构网站 | | | |
|---|---|---|---|
| 中国证监会 | 中国证券业协会 | 深圳证券交易所 | 上海证券交易所 |
| 部分券商网站 | | | |
| 渤海证券 | 广发证券 | 国泰君安证券 | 国信证券 |
| 证券信息资讯网站 | | | |
| 证券之星 | 和讯网 | 中国上市公司资讯网 | 中国证券网 |
| 三大证券报 | | | |
| 中国证券报 | 上海证券报 | | 证券时报 |

图 8-26　我的证券资讯网

如果想达到这样的效果，该怎么办呢？很简单，通过专门的网页编辑工具 FrontPage 即可完成。过程如下：

首先我们点击"开始"，将鼠标指向"程序"，在二级菜单中选择"Microsoft FrontPage"，点击后即可打开 FrontPage，如图 8-27 所示。

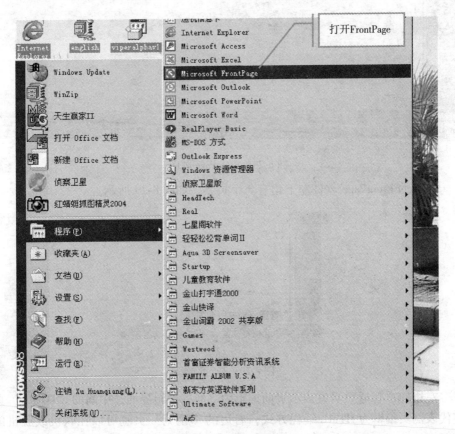

图 8-27　打开 FrontPage

打开 FrontPage 后，新增一个文件，准备做我们的工作主页面。打开的 Front-Page 画面如图 8-28 所示。

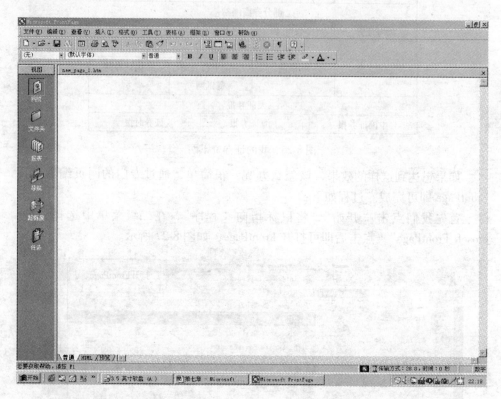

图 8-28　FrontPage 画面

打开的 FrontPage 软件左下角有 3 个页签，如图 8-29 所示。

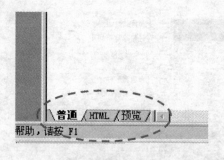

图 8-29　3 个页签

左边的"普通"页签表示页面编辑为一般的编辑界面；中间的"HTML"页签代表网页编辑为 HTML 编程方式；右边的"预览"页签可以在联机或脱机的情况下检验页面的生成效果。在这里我们选择普通方式进行编辑。

首先，我们在打开的 FrontPage 普通页签界面最上面输入"我的证券资讯网址"，然后在下面插入一个 8 行 4 列的表格，在弹出的"插入表格"对话框内输入行数、列数，在"边框粗细"方框中键入"0"，如图 8-30 所示。

图 8-30　插入表格

点击"确定"后生成如图 8-31 所示的表格。

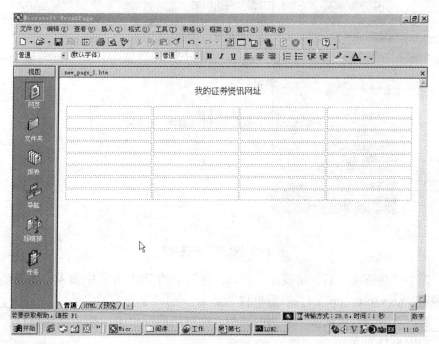

图 8-31　生成表格

然后将表格处理成计划的样式，并填好内容。最后结果如图 8-32 所示。

我的证券资讯网址

| 证券监督管理机构网站 | | | |
|---|---|---|---|
| 中国证监会 | 中国证券业协会 | 深圳证券交易所 | 上海证券交易所 |
| 部分券商网站 | | | |
| 渤海证券 | 广发证券 | 国泰君安证券 | 国信证券 |
| 证券信息资讯网站 | | | |
| 证券之星 | 和讯网 | 中国上市公司资讯网 | 中国证券网 |
| 三大证券报 | | | |
| 中国证券报 | 上海证券报 | 证券时报 | |

图 8-32 插入相关内容

下面进行链接添加过程。首先选中"中国证监会"单击鼠标右键，在出现的快捷菜单中选择"超链接"，如图 8-33 所示。

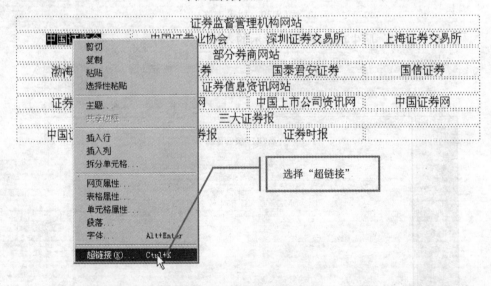

图 8-33 选择"超链接"

选中"超链接"后，出现以下窗口，在其中的 URL 方框中输入中国证监会的网址：www.csrc.gov.cn，如图 8-34 所示。

然后点击"目标框架"旁边的按钮。在弹出的窗口中选择"新建窗口"选项，如图 8-35 所示。

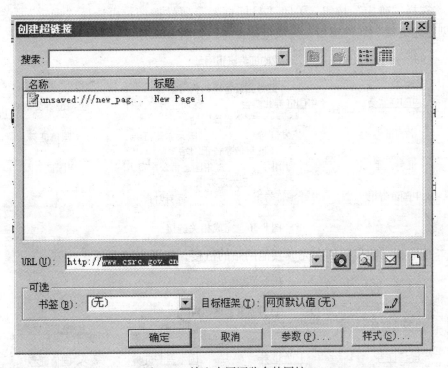

图 8-34 输入中国证监会的网址

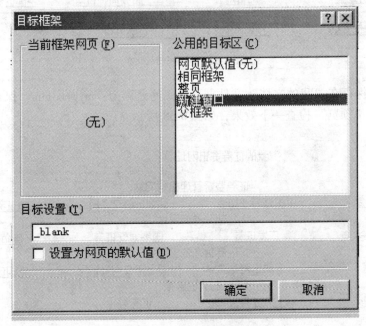

图 8-35 选择"新建窗口"选项

选择"确定"按钮，关闭"目标框架"属性按钮；再选择"确定"，关闭"创建超链接"属性窗口，完成链接设置，如图 8-36 所示。

我的证券资讯网址

| 证券监督管理机构网站 | | | |
|---|---|---|---|
| 中国证监会 | 中国证券业协会 | 深圳证券交易所 | 上海证券交易所 |
| 部分券商网站 | | | |
| 渤海证券 | 广发证券 | 国泰君安证券 | 国信证券 |
| 证券信息资讯网站 | | | |
| 证券之星 | 和讯网 | 中国上市公司资讯网 | 中国证券网 |
| 三大证券报 | | | |
| 中国证券报 | 上海证券报 | 证券时报 | |

图 8-36　完成相关链接

按照相同的步骤依次完成其他网站的链接，如图 8-37 所示。

我的证券资讯网址

| 证券监督管理机构网站 | | | |
|---|---|---|---|
| 中国证监会 | 中国证券业协会 | 深圳证券交易所 | 上海证券交易所 |
| 部分券商网站 | | | |
| 渤海证券 | 广发证券 | 国泰君安证券 | 国信证券 |
| 证券信息资讯网站 | | | |
| 证券之星 | 和讯网 | 中国上市公司资讯网 | 中国证券网 |
| 三大证券报 | | | |
| 中国证券报 | 上海证券报 | 证券时报 | |

图 8-37　完成全部链接

将其保存在"我的文档"文件夹下，文件名称为：myweb. htm。保存后我们可以点击"预览"检查一下效果，如图 8-38 所示。

我的证券资讯网址

证券监督管理机构网站

中国证监会　　　　中国证券业协会　　　　深圳证券交易所　　　　上海证券交易所

部分券商网站

渤海证券　　　　广发证券　　　　国泰君安证券　　　　国信证券

证券信息资讯网站

证券之星　　　　和讯网　　　　中国上市公司资讯网　　　　中国证券网

三大证券报

中国证券报　　　　上海证券报　　　　证券时报

图 8-38　链接效果预览

然后，可将该页设置为 IE 浏览器的默认页。步骤如下：

首先，打开 IE 浏览器，选择"工具"下拉菜单的"Internet 选项"，弹出图 8-39、图 8-40 所示窗口。

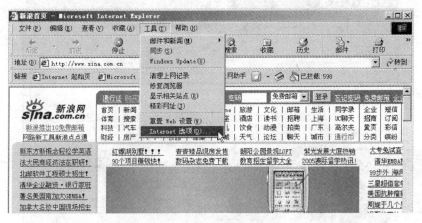

图 8-39 点击"Internet 选项"

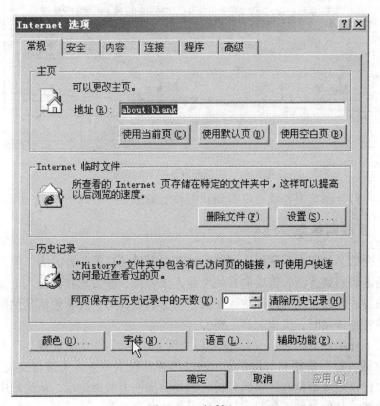

图 8-40 对话框

在其中的地址栏输入框中键入如下地址：c：\ my documents \ myweb. htm，选择"确定"，就完成了浏览器默认网页的设定，如图 8-41 所示。

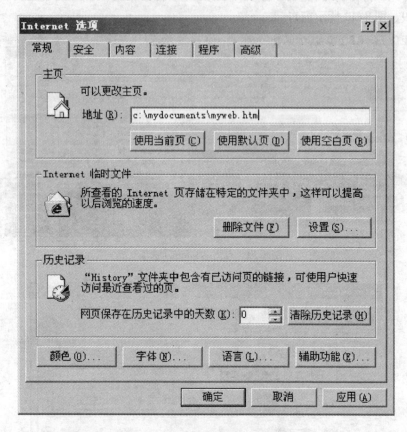

图 8-41　浏览器默认网页的设定

以后再打开浏览器，就可以看到我们设定的主页了，如图 8-42 所示。

## 四、互联网信息交流

以上介绍了如何在互联网上浏览相关证券财经信息的各种方法。但当投资者对大盘的走势感到迷茫，需要向其他专业人士咨询，或者想和其他人士探讨股市发展中的各种问题，或者想和他人交流、沟通看盘技巧，甚至想从其他渠道了解股市中的各种传闻时，又该怎么办呢？

途径不外乎以下两种：一是登录相关网站，通过"专家在线"、"在线股评"、"在线答疑"等栏目与提供该项服务的证券投资专业人士进行交流、探讨，获取操作建议或对所持有股票的分析；二是参加网上股市论坛，从论坛中浏览各种故事传闻、其他参加者的股市分析和看盘技巧交流等。

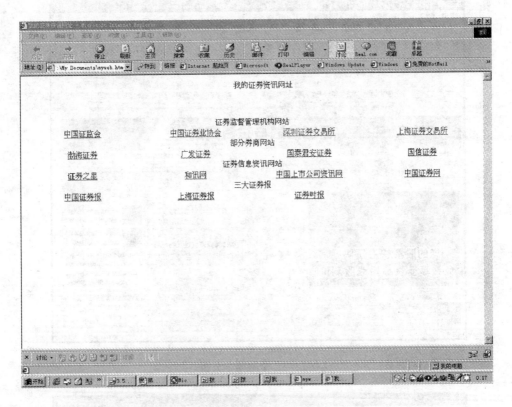

图 8-42　设定的主页

选择以上两种方式中的任何一种，一般都要求投资者进行用户注册。同时有些网站的部分栏目是针对注册用户开放的，非注册用户只能作为一般的浏览客户，浏览网站的一般开放资讯信息。

各网站一般在网站网页标题目录下都设置了登录及注册的栏目，有的网站在网上互动栏目内开辟了注册登录窗口。

例如，登录"金融界"网站进行"注册"，如图 8-43、图 8-44 所示。

注册成功后，即可进入"我的金融界"，如图 8-45 所示。

点击图 8-46 中的"在线沙龙"，即可进入。

在"在线沙龙"里面，可以就有关问题进行在线交流。同样地，我们也可以点击其他栏目，如图 8-45 中的"博客"、"论坛"等，浏览里面的内容，并进行必要的网上交流。

总之，互联网不仅使证券委托更加便利、快捷，而且为投资人提供了广泛的信息。通过互联网，人们足不出户就可以了解到方方面面的信息和进行在线交流。因此，熟练掌握和运用网上信息采集的方法，将会使你受益无穷。

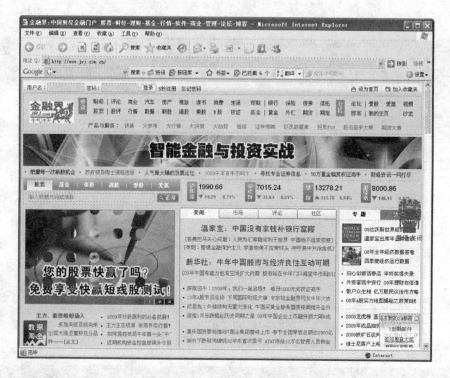

图 8-43　金融界主页面

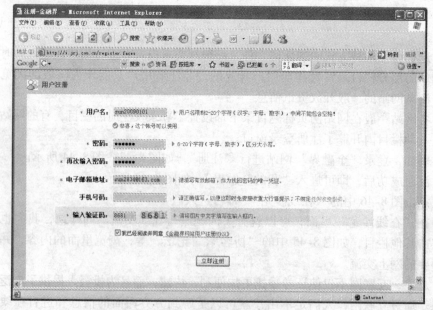

图 8-44　金融界网站用户注册

图 8-45 进入"我的金融界"

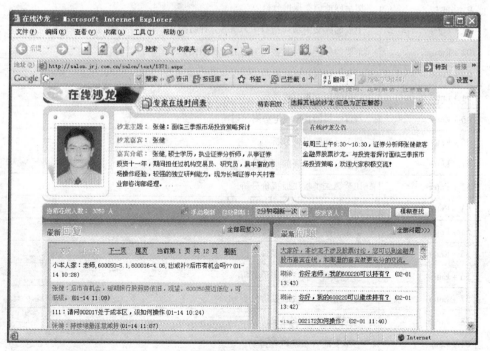

图 8-46 进入"在线沙龙"

# 附录　系统快捷键一览表

| 快 速 键 值 | 键 的 意 义 |
|---|---|
| Ctrl + End（3 次） | 在主菜单状态下退出系统 |
| Ctrl + M | Windows 窗口和钱龙界面之间的切换 |
| Ctrl + P | 打印页面 |
| CTRL + ALT + H | 呼出帮助 |
| 0 + Enter | 切至系统主菜单画面 |
| 1 + Enter | 切至上证 A 股报价分析 |
| 2 + Enter | 切至上证 B 股报价分析 |
| 3 + Enter | 切至深证 A 股报价分析 |
| 4 + Enter | 切至深证 B 股报价分析 |
| 5 + Enter | 切至上证债券报价分析 |
| 6 + Enter | 切至深证债券报价分析 |
| 01 + Enter | 个股的成交明细（指数中为每一分钟明细） |
| 02 + Enter | 个股的分价表（指数中为每五分钟明细） |
| 03 + Enter | 切至上证领先指标画面 |
| 04 + Enter | 切至深证领先指标画面 |
| 05 + Enter | 当日走势图、K 线走势图间切换 |
| 06 + Enter | 切至自选股报价分析 |
| 51 + Enter | 切至第一类板块股报价分析 |
| 52 + Enter | 切至第二类板块股报价分析 |
| 53 + Enter | 切至第三类板块股报价分析 |
| 54 + Enter | 切至第四类板块股报价分析 |
| 55 + Enter | 切至第五类板块股报价分析 |
| 56 + Enter | 切至第六类板块股报价分析 |
| 57 + Enter | 切至第七类板块股报价分析 |
| 58 + Enter | 切至第八类板块股报价分析 |
| 61 + Enter | 切至上证 A 股涨跌幅排名 |
| 62 + Enter | 切至上证 B 股涨跌幅排名 |

（续）

| 快 速 键 值 | 键 的 意 义 |
|---|---|
| 63 + Enter | 切至深证 A 股涨跌幅排名 |
| 64 + Enter | 切至深证 B 股涨跌幅排名 |
| 65 + Enter | 切至上证债券涨跌幅排名 |
| 66 + Enter | 切至深证债券涨跌幅排名 |
| 71 + Enter | 切至上证信息 |
| 72 + Enter | 切至深证公告信息 |
| 73 + Enter | 切至 ISP 信息 |
| 74 + Enter | 切至券商信息 |
| 75 + Enter | 切至上证公告 |
| 76 + Enter | 切至综合信息 |
| 81 + Enter | 切至上证 A 股综合排名 |
| 82 + Enter | 切至上证 B 股综合排名 |
| 83 + Enter | 切至深证 A 股综合排名 |
| 84 + Enter | 切至深证 B 股综合排名 |
| 85 + Enter | 切至上证债券综合排名 |
| 86 + Enter | 切至深证债券综合排名 |
| ???? | 切至代码为???? 的深圳个股或指数（？代表数字或字母） |
| ?????? | 切至代码为?????? 的深圳个股或指数（？代表数字或字母） |
| ／ 和 . | K 线图下的指标切换键 |
| Home | K 线图下的指标切换键 |
| End | K 线图下的指标切换键 |
| Page Up | 向下翻屏或切换至下一股票 |
| Page Down | 向上翻屏或切换至上一股票 |
| Esc | 游标状态：退出游标状态，否则退至上一层或退回跳出点；菜单状态：退回上一级菜单 |
| 10 + Enter 或 F10 | 当日走势图或 K 线走势图下：个股基本面资料 |
| Alt + F10 | 向前除权、向后除权、忽略除权三种方式的切换 |

# 参考文献

[1] 孙可娜. 证券投资理论与实务 [M]. 北京：高等教育出版社，2006.

[2] 陈火金. 中国新股民必读全书 [M]. 北京：中国纺织出版社，2006.

[3] 付刚. 网上炒股一点通 [M]. 北京：中国宇航出版社，2008.

[4] 韦宇，吕钢. 网上炒股 DIY [M]. 北京：清华大学出版社，2001.

[5] 龙晓东. 网上炒股入门 [M]. 北京：机械工业出版社，2001.

[6] 孙杰，张建三. 电子商务实务 [M]. 北京：清华大学出版社，2002.

[7] 上海证券交易所网站 http：//www. sse. com. cn.

[8] 深圳证券交易所网站 http：//www. szse. cn.

[9] 东方财富网 http：//www. eastmoney. com.

[10] 渤海证券易网 http：//www. ewww. com. cn.

[11] 财达证券 http：//www. s10000. com.